◆◆ 中国文学名家小小说精选丛书

芦苇花开

刘怀远　著

江西高校出版社
JIANGXI UNIVERSITIES AND COLLEGES PRESS

南　昌

图书在版编目（CIP）数据

芦苇花开 / 刘怀远著 . -- 南昌 : 江西高校出版社，
2025.6. --（中国文学名家小小说精选丛书）. -- ISBN
978-7-5762-5598-0

Ⅰ . I247.82

中国国家版本馆 CIP 数据核字第 2024A7D628 号

责 任 编 辑　胡文君
装 帧 设 计　夏梓郡

出 版 发 行　江西高校出版社
社　　　　址　江西省南昌市新建区工业二路 508 号
邮 政 编 码　330100
总 编 室 电 话　0791-88504319
销 售 电 话　0791-88505090
网　　　　址　www.juacp.com
印　　　　刷　鸿鹄（唐山）印务有限公司
经　　　　销　全国新华书店
开　　　　本　650 mm×920 mm　1/16
印　　　　张　13
字　　　　数　160 千字
版　　　　次　2025 年 6 月第 1 版
印　　　　次　2025 年 6 月第 1 次印刷
书　　　　号　ISBN 978-7-5762-5598-0
定　　　　价　58.00 元

赣版权登字 -07-2024-977

CONTENTS
目　录

芦苇花开

第一辑

琴痴

◀ 琴　痴
....

民国时，慈惠墩唯一的女裁缝叫肖爱枝。她膝下三个女儿，大女儿叫春花，二女儿叫秋月，唯独三女儿没有大名，人称三丫头。不知道是肖爱枝忙着每天剪布裁衣，还是女儿多得违背了她的理想，所以她不愿意再给三女儿取一个好听的名字。

三丫头虽被妈妈忽略，却心灵手巧，八九岁时就能用碎布头做一些巴掌大的小衣服，特别是一套小旗袍，线条凸凹的拿捏，让做了半辈子衣服的肖爱枝暗暗称奇：这孩子生来就是一个上乘的裁缝！

如果不是跟着妈妈去了一次张百万家，可能她真就一心一意长成了一个好裁缝。

这天，肖爱枝要把做好的几套衣服送去张百万家，三丫头尾巴似的跟在她后面。到了张家，三丫头听见了叮叮咚咚的流水声，从没听过的悦耳水声，那水声淙动跳跃，一下牵住了三丫头的耳朵。

妈妈敲开一扇门，三丫头眼前一下亮了：一个洋学生模样的大姐姐坐在暗红宽大的桌案前，微低着头，左额前垂下一细绺黑发，她拨弄一块乌亮的长条木头上的几根弦，见她们进来，纤巧的手指停下来，那水声立刻消失了。

大姐姐把额前的头发捋到耳后，凑过来看新衣。三丫头不知哪来的勇气，问："你拨的是什么？"

大姐姐笑盈盈地说："我在弹琴啊。"

"那我怎么听到水声呢？"

"我弹的就是《高山流水》呀！你也会弹琴吗？"

三丫头摇摇头。

肖爱枝说："大小姐，您别理她，她什么都不懂。"

"能听懂我弹的曲子，这孩子真是不得了！我教你弹琴好吗？"

肖爱枝忙拦下："小孩子没轻没重的，那么贵重的物件，别给您拨弄坏了。"

"坏不了的，来！"

大小姐拿着三丫头的小手在琴弦上拨弄，三丫头的手指一动，立刻听到一颗水珠叮咚滴落。三丫头学着大姐姐的样子乱动起来，惊得妈妈忙把她推到一边，说："拨坏了，卖了你也赔不起！"

回到家，三丫头的额前精心垂下了一绺头发，不过她的头发是黄黄的。她问妈："明天还去大小姐家好吗？"

肖爱枝说："人家不做衣服了，还去干什么？"

三丫头说："我要去和她学琴。"

肖爱枝把嘴撇一下："别想些没用的，你不能弹。"

"那她怎么能弹呢？给我也买个琴吧。"

肖爱枝搪塞道："有了富余钱就买。"

三丫头满心欢喜，帮妈妈做事更勤快了。

肖爱枝的手艺好，生意就很好，每当面带微笑数钱的时候，三丫头就凑过来问："快够给我买琴了吧？"

"快了，快了。"

三丫头问："还差多少钱？"

肖爱枝说："再过几年就差不多了。"

一晃，三丫头额前的一绺头发又黑又亮了，胸脯也高耸了起来，真的成了妈妈的好帮手。她和妈说："我也能做衣服了，我自己攒钱买琴可以吗？"

肖爱枝就生气了，大声地说："你多大了，还尽做些小孩子的痴心梦，你会弹吗？弹琴可以弹饱肚子吗？"

三丫头说："没有琴我怎么会啊？"

肖爱枝说："有那个钱给你做几件新衣服，再买个银镯子戴上。"

三丫头说："我不穿新衣服，不戴银镯子，只买琴。"

肖爱枝说："天生受苦受累的命，弄些没用的干什么？饿上几天看你还想不想弹？你要敢买，我就先砸琴，再砸断你的腿！"

三丫头像变了一个人，整天和妈说不了一句话，额前垂着的一绺头发倒越来越长了，遮了眼睛，她也不往后撩一下。她多么想听到那淙淙流水的声音，多想再看到大小姐那弹琴时优雅的身姿，大小姐去东洋留学了，再没有回来过。

有户人家上门提亲，肖爱枝满意，三丫头悄悄拉住媒人提了个条件，要求彩礼中有架琴。

媒人把话带过去，不想男方一口回绝，说买牛买马可以，没用的东西不置。

三丫头成了街上茶余饭后的话题，说这孩子模样挺俊的，脑子却有问题。还有人说，这孩子闲下来时，两根手指就不自觉地弹动，别真有痴病。

在人们眼里，孤僻的三丫头成了一个病人。

三丫头成了大姑娘。

三丫头成了老姑娘。

突然有一天，街上传来一阵悠扬的声音，三丫头一激灵，先是以为大小姐的琴声，再听，又感觉比琴声悠长。她奔出去看，是一个挑担游乡的货郎在吹一根长长的竹管。

三丫头问："这是什么乐器？"

中年货郎说："这是箫，好听吧？"

"琴更好听，有琴卖吗？"

货郎转着眼珠看三丫头的窈窕身材，说："你想买琴？我会弹琴的，我知道哪里有卖，我带你去挑。"

村里就不见了三丫头。

三丫头再出现时，已不是一个人，怀里抱一个小的，身后跟个大的，两个俊闺女。

肖爱枝懵一下，立刻明白了，劈头盖脸地大骂一顿，三丫头平静得像立在暴风骤雨中的一截儿木头，额前垂着一绺粗黑的头发。

骂累了，肖爱枝还是双手接过三丫头怀里的孩子，这一刻，碰到了女儿的手，感觉不对劲，忙抓过女儿的手，竟不见食指和中指。肖爱枝俯下身，双手捧住这只残手问："怎么搞的？"

三丫头摇着头不说话。

三丫头的大孩子说："不许弹琴，被刀剁下了。"

肖爱枝好像明白了什么，喉咙里滚动了几下，眼泪滴落到断指处。好久，她抚摸着大孩子的头问："你叫啥？"

"我叫大琴，妹妹叫小琴。"

肖爱枝耳朵有些背，追问："小晴？大晴？"

"是弹琴的琴。"

肖爱枝抱住三丫头，哭声终于从喉咙里逃出来。

◀ 你认识汉斯吗

如果你第一次跟张奶奶拉家常，见面说不了三句话，肯定会问：你认识汉斯吗？医生，德国人。

张奶奶闺名芝秀，慈惠墩人，十多岁上父母双亡，孤零零的她被汉口的姑妈领了去。姑妈家住在裕华纱厂旁，迫于生计，芝秀小小的年纪也进了纱厂做女工。织工从早到晚，两只眼睛总是瞪圆了盯住织机，稍微发现一点毛病，眼到手到，飞快地摆弄梭子，不让织机上出一点瑕疵。时间不长，芝秀的眼睛红肿起来，肿痛，视物模糊，到后来一只眼眼睛里还流出白色汁液来。姑妈先是请来游走的郎中，郎中卖给几包草药。不想敷用后，眼睛钻心地疼，还看不见东西了。姑妈又慌着领她去看保善堂的先生。先生看了，也是摇头，说，可惜了这么漂亮的丫头，还是趁早做手术吧。芝秀问，做手术能好？

好是好不了，是提早割除了坏眼，不影响眼窝装假眼，闺女家家的，怎么说也是爱美。不过丑话说在前面，诊费先付，至于落个什么后果，与本堂概不相干。

芝秀呜呜地大哭，姑妈劝她，别哭了，再哭对眼睛更不好了。芝秀说，反正是要瞎了的，还能再坏到哪里。姑妈叹口气，这么年轻的孩子，怎么能没有眼睛呢？没有了眼睛，这一辈子可怎么过，我可怎么跟你死去的爸妈交代啊。

芝秀说，没了眼睛，我也不活了。

姑妈说，死马当活马医吧，我去请个洋大夫来看看。

就请来了汉斯，在汉口开诊所的德国人。汉斯来了，仔细地查看了病情，也是摇摇头，说我可能也没有办法。芝秀又伤心起来。汉斯的手指又在芝秀眼前晃了晃，芝秀眨了两下眼睛。汉斯又点点头，应该还是可以好的。

姑妈说，能治就好，快用药吧。

汉斯说，我给清洗干净后，还需要打一针盘尼西林的。你们，打得起吗？

芝秀不知道什么是盘尼西林，姑妈可是听说过的。那个时候的盘尼西林堪比黄金，一是稀少，二是金贵。

你有这个救命的药吗？姑妈问。

汉斯点点头。

姑妈就僵在那里。半天没有说话。

芝秀问，多少钱啊？

汉斯没有回答，反问道，你在哪里做工啊？

芝秀说，纱厂里当女工。

汉斯微微一笑，那要你不吃不喝，半年的薪水。

芝秀惊讶地张大了嘴巴。

姑妈对芝秀说，秀，别怪姑妈不给你打针，我实在是……

芝秀说，姑妈，我谁都不怪，只怪自己命苦，自小没了爹，又没了妈，若不是姑妈收留，说不定我早死了，我怎么还敢怪姑妈？眼睛瞎了是命，只是今后成了瞎子，又要拖累姑妈了。

姑妈也忍不住地哭起来。汉斯在一旁看看芝秀，又看看姑妈，看看姑妈，又看看芝秀，算是明白了怎么回事。汉斯摸摸大鼻子，挠挠头，说，上帝呀，这真是可怜的孩子。要不这样，我先给小姑娘治疗打针，等你们什么时候有钱了，什么时候再给，好不好？

姑妈望望芝秀，芝秀望望姑妈，却看不清。什么时候能有钱呢？两个人都没有说话。汉斯已经开始用注射器配药了。

盘尼西林注射到芝秀的身体里，又给了芝秀一瓶清洗眼睛的药水。没过几天，芝秀的眼睛竟神奇地好了。

芝秀找到汉斯的诊所，看清了汉斯的模样。芝秀说，谢谢你救了我。

汉斯仔细检查了芝秀的眼睛，高兴地拍拍她的头说，痊愈了，你的眼睛完全好了。

芝秀声音小得几乎听不到：可我……现在还是没钱给你。

汉斯摸下大鼻子：我说过，你什么时候有钱了，什么时候来还。

你放心，有了钱我一定来还你！说着，芝秀走出了门。

你站住！汉斯一喊，芝秀心里一紧，收住脚步。

你要记住，今后不论再做什么事，一定要爱护眼睛哟！汉斯双眉往上一耸，眼睛透出微笑：好的，你去吧！

芝秀正想着是回裕华纱厂，还是干点别的，日本鬼子的炮弹飞来了。芝秀拉上姑妈跑回了慈惠墩。

日本人被赶走后，长成大姑娘的芝秀和姑妈又回到汉口，汉口已找不到德国人开的诊所，也找不到一个叫汉斯的德国医生。

"外国人漂洋过海地来开诊所，那么贵的药，一分钱都没给人家。"年迈的张奶奶还在逢人便说，逢人便打听："你认识汉斯吗？一个德国人，什么？他是不是德国法西斯？呸，什么逻辑，德国人就是法西斯，日本人就是小鬼子？再瞎说，我就跟你拼老命了，他是好人，是他给了我大半生的光明！"

"你认识汉斯吗？德国人，是医生！"随着来汉口的外国人越来越多，特意学会了几句英语的张奶奶有机会就拉住人家："你认识汉斯吗？我欠着人家药费呢，明知道我给不了，还赊，好人呐。如果他本人不在世上了，我答谢他的家人也算了却一桩心事啊。"

汉斯，仿佛从没来过汉口一样，没有一丝消息。

张奶奶立了遗嘱，做出她这个高龄老人的惊人之举：身后捐献眼角膜，偿报善良的世界！

◀ 山门大当家

木空没事时总望着山门外的一丛海棠发呆，师傅说当年就是在这里捡到的他，然后他就在庙里一天天长大了。他想象着，一遍遍地想襁褓中的自己躺在海棠树荫里的样子。

这天，他正坐在那丛海棠下发呆，远远望见几个扛枪的人朝庙里走来，他忙一溜小跑去告诉师傅。

师傅迎出来，合掌施礼，说："佛家净地，请好汉留步。"

为首的一个腰插短枪的哈哈一笑说："我们不是剪径的好汉，是抗日游击队。"他身边的人说："这是我们王大队长。"

师傅连忙说："快请到禅房小坐。"

王大队长朝师傅抱拳拱手，说："那就吵扰了。"

一行人先来到大殿，观瞻庄严的大铁佛。庙里的大铁佛是声名远播的，是如来佛祖的坐像，据说有几千斤重。王大队长问庙里的情况，师傅说："小寺现有 12 名僧人，包括一名 80 岁的老者和这个小不点儿。"

王大队长笑着拍拍木空的肩膀说："一个班的兵力呀，啊哈哈……"

师傅问："你们这是……"

王大队长说："我们路过贵寺，进来歇歇脚，也顺便宣传下抗日的政策，希望更多的人加入抗日的队伍。"

师傅说："出家人跳出三界不在五行，只想一心礼佛。"

王大队长说："你们护好这一方佛门净土，让周围的信众在兵荒马乱中能有精神寄托的地方，就是功德无量。"

师傅说："我会在佛祖前多多祈福，愿中华大地早日安宁。"

木空望了很久王大队长腰间的驳壳枪，刚想伸手去摸摸，王大队长就起身带人走了。

木空心中好遗憾。不过几天后，木空不但摸到了真枪，还开了火。

一队鬼子和汉奸闯进了大殿，一个留着小胡子的日本军官跪在铁佛面前连磕三个响头。木空竟一下对这个小胡子有了好感。

小胡子在庙里转了一圈，重新回到铁佛前，敲了敲铁佛的莲花宝座，发出金属的声音。他咧开镶着金牙的嘴笑了，对翻译官叽咕了几句。

翻译官就对师傅说："太君说了，你们把铁佛要献出来，不然土八路会弄去做地雷做手榴弹来袭击皇军。"

师傅说："佛是铁做的，但铸成佛就不是铁了，八路军不会拿的。"

翻译官和小胡子说完，小胡子怒冲冲地又说了一通。翻译官说："八路不拿，大日本皇军也是要拿的，我们需要大量的铁制作武器。"

木空不懂了，刚才还跪地拜佛的太君怎么又突然毁佛呢？

小胡子掏出手枪，对准师傅，又转向铁佛，眼珠转了转，回过头来，阴险地笑着向木空招手："来，小孩！"

他把手枪交到木空手里，示意他朝铁佛开枪。木空握着手枪，一下懵了。小胡子握住他的手，对准铁佛的头部，然后又按着他的手指扣动扳机。

啪啪！两颗子弹在铁佛脸上擦出火花，铁佛毫发无损。

小胡子抄起士兵肩上的机关枪一通扫射，哗啦一下，佛祖的胸部被打出个大坑。师傅和师兄们一下跪倒在佛祖面前。

小胡子见佛已毁，一阵狂笑。翻译官说："你们把佛砸碎，三天内把铁送到新沟镇炮楼！"

师傅在铁佛前跪了一夜，木鱼声响了一夜。天快亮时，木空实在瞌得受不了，就睡着了。等他醒来，铁佛不见了，院子里摆满了鼓鼓囊囊的几十条麻袋。

师傅和师兄们把这些麻袋装上了汉江里的船，木空问："不会是给炮楼送去吧？"师傅说："你愿意铁佛做成炮弹打咱中国人吗？"木空说："不想，我想铁佛去打日本鬼子！"师傅点点头："好样的，我和师兄们都去打鬼子了，你还太小，就和老爷爷留下来吧，爷爷老了，而你一天天长大，师傅走后，你就是庙里的大当家，看好咱们的庙，等打完鬼子，我和师兄们回来，再给佛祖重塑金身！"

庙里只剩了木空和老和尚了。老和尚说："咱俩先出去躲几天，日本人不会善罢甘休的。"

几天后他们回来，寺庙正殿果然被烧成一堆瓦砾。

木空每天去化缘，化一些吃的来，老和尚又教他种菜。有一天，附近有人来请和尚去超度亡魂。木空说："我就是当家的。"来人怀疑地望望眼前这个孩子，在空旷的庙里转了一圈失望地走了。隔了一天，那户人家又派人来请，说亡者一生吃斋念佛，一定要和尚去超度。怎么办呢？木空去问老和尚，老和尚拍拍自己颤巍巍的腿，悄悄对木空说了一番话，木空就跟上来人去了。有和尚总比没有要强，来人问身高刚到自己腋下的木空："你今年多大了？"木空心想，可不能让他小瞧了，就虚报上两岁，响亮地说11！

木空毕竟从小就看师傅礼佛，一点儿也没慌乱，披上肥大的袈裟，先高诵一声"南无阿弥陀佛"，接着敲响木鱼，嘴唇微动，闭目默念，举止沉稳。念的什么经文？没人听得清。法事做完，心安了的主家送些吃食，再给一点钱，送木空回去。

木空的名气越来越大，很远地方的人也来请他去做法事。每次做法事回来，带回的食物能和老和尚吃上几天，钱却一厘不少地存在一个秘密的地方，他要给佛祖重塑金身用。那时，师傅和师兄们早该回来了吧！

◀ 犟　人

在过去，女孩子长到七八岁上，是要裹脚的。生在大户人家的英子却不愿，连哭了两天两夜，哭得她爷老子心疼，说："小祖宗啊，不裹了，不裹了。"英子听了，依然号啕。丫鬟婆子都劝："不裹了，还哭什么呀？"英子边哭边诉："你说裹就裹，说不裹就不裹了？"哇——哇——直凑上三天三夜才止住。

望着天足的英子，她妈没事就摇头，说："这么大的脚，怕不好嫁到门当户对的人家啊。"

到了定亲的年龄，媒婆们来给提亲，有富户，也有平常人家。她爹拿了一摞生辰八字儿，让她自己选。那个年代的婚姻都是媒妁之言父母之命，能跟闺女商量，当爹的给了她天大的面子。谁知，英子看都没看，就把八字儿一推。爹说："怎么，你想再等几年？"

英子说："我十八了，还等吗？"

"那你是……"

英子说："我自己看中了个人。"

哦？爹诧异地望着她，这大门不出二门不迈的，什么时候有的意中人呢？爹问，"谁呀？"

英子还是羞赧地低下了头。

"问你呢，不用害羞。"

英子抿着嘴说："老桂的儿子。"

"谁？长工老桂的儿子？跛脚小桂？"爹惊得差点没坐地上。是的，小桂经常担水来内宅。

爹说："怎么看上他？他哪里好？"

英子说："人老实，我从小拿他当马骑，他也不急。"

爹的指头点着她宽宽的额头："这是婚姻，不是买牲口，不行！"

英子开始绝食。爹说："你自己想饿，就饿着吧，饿死也比嫁个跛子丢人现眼强！"

爹动了真格，英子也动了真格。饿到第五天，爹妥协了，但又爱面子，就让她妈去假装偷偷地答应她的选择。英子有气无力地说："不行，必须爹同意，爹不当着我的面儿说同意，我就不吃饭！"

话儿传回去，爹捶胸顿足："冤家啊，冤家，这哪是儿女，是要命的阎罗！方圆几十里打听打听，红白两道我跟谁服过软啊？"她妈说："行了，跟儿女服软不算丢脸。"

英子如愿嫁了跛脚小桂。小桂也不是跛得很厉害，快跑肯定是不行的。爹给了靠在汉江边的二十亩好地，一匹青骡子，一驾马车当陪嫁。别看小桂的脚有些跛，干起农活还是把好手，耕耩拉打都在行。有人偷偷问英子："怎么非要嫁小桂？"英子先是一笑，才说："第一，小桂家穷，穷人家娶妻不易，不会虐待媳妇；第二，小桂人本分老实，除了脚跛没其他毛病；第三嘛，现在兵荒马乱的，一点儿残疾没有的，不知哪天就被抓壮丁，那日子还怎么过啊？"

这天，小桂去耕地，赶着大青骡子拉着装满犁耙的马车走了。工夫不大，小桂就回了，一跛一跛地身后扬起风尘。

"出了啥事？"

小桂大口喘出几口气，才说："一队过路……过路的……日本……日本小鬼子……把咱骡子和……马车都拉走了！"

英子一听，杏眼冒火："你是死的？就给他们？"

"他们是抢……"

"他们抢，你就松了手？他们凭什么白抢了去？是你这东西来的太容易了吧？黄花大闺女白跟了你，还白捡这么多东西，难怪有人一抢就撒手！"

小桂看着英子的脸色，嘴唇抖着："那，那……"

"那什么，赶紧去追！"英子斩钉截铁地说，"追不回来，就不要回来！"

小桂脸色煞白一步三回头地出了门。去了，再没有回来。

村人说："英子，你真是犟啊，日本鬼子是杀人不眨眼的魔鬼啊，能让小桂和他们去理论？"

英子说："魔鬼就白抢别人的东西？"

村人说："你犟吧，东西没了，这下人也没了，你可怎么办？"

“人不会是没，没有见到尸，现在说没不确切。”

“你还相信他会回来？相信有一天他赶着从日本人手里要回的马车回来？”

“但也不能说他死啊？不管怎样，抢我的东西，我要报仇！”英子咬牙切齿地说。

英子一双大脚跟上湖区的抗日队伍，一年后成了让鬼子心惊胆寒的神枪手。日本鬼子投降后，任凭部队领导百般挽留，英子还是坚决地离开部队，回到村子。

多年过去，经常有人劝她再婚，她头一摇，说："小桂活不见人死没见尸，我再婚算哪回子事？"劝的人都会在心里叹一声："真是犟人啊！"

老了的英子，一直住在村里，稀疏的白发已遮不住头皮，嘴巴仅靠两颗牙齿支撑，耳朵聋了，但两只眼睛依然烁烁有神，几次摊在其他同龄人身上能化灰成烟的大病，她都硬生生地挺过来了，人们说，犟人命也硬。天气晴好时，她还会佝偻着弓般的身躯一小步一小步地踱到街边，眼睛不放过进村路口上的风吹草动。

◀ 将军泪

20 世纪 90 年代，一位将军来村里祭奠熊二嫂。

熊二嫂是谁？村里几位上了岁数的老人还记得。

熊二嫂是个小脚女人，拉扯着三个孩子，做了一件天大的事：拆掉祖传的土屋，盖起了三间青砖房子。

的确不容易呀！迈着一双三寸金莲，除了种自家三亩薄田，还租种了财主家的十亩地，打下稻谷，交完租留够种，几乎全部拿到集市上卖了，然后一家人采野藕摸鱼虾混日子。忙完田里的，再春天养蚕，夏天种瓜，秋天摘棉，冬天织布。

别人问她："这么累干什么？"

二嫂一指歪歪斜斜的土坯祖屋："我要起三间砖瓦屋！"

那么容易？如果容易，父辈也就不住土屋了！

每次卖了谷，二嫂就买一些砖，再有钱，再买一些。卖了布，就买几根杉木，有了钱，再买几根。就这样，积少成多，二嫂用十年的时间，终于盖起了宽敞明亮的青砖房子。唯一不足的是，屋顶是稻草苫的，跟她理想中的屋顶上铺满鱼鳞般的青瓦还差一定距离。不过，她迟早会实现的！

住进新房的二嫂，像爬上山顶的人，既有成就感，又有自豪感。稍闲下来，会打量墙上的每一块砖，抚摸屋架上每一根杉木和每块光滑的杉木隔板，虽然一日三餐还和以前一样，虽然身上的衣服还是补丁摞补丁，但心情是舒畅的，有时自己会不自觉地哼起小曲来。

二嫂急切地想把屋顶的稻草换成青瓦。她攒了钱，买一些。又攒了钱，再买一些。为了快速攒钱，二嫂竟又学会了捉鳝鱼，捉的鳝鱼拿到茅庙集上去卖。

这天晚上，湖汊里枪声大作，等枪声平息了，二嫂舍不得耽误这一晚的时间，又去湖汊里捉鱼。静寂的夜里，二嫂练就得能听见沼泽里鳝鱼细微的叫声。进了芦苇荡，她隐约听到一声呻吟。

她警觉地顺着声音找过去，沙丘上躺着一个人。

二嫂问："你是谁？"

"我是游击队的，刚才袭击了鬼子的巡逻艇，我的腿受了伤。"

二嫂毫不犹豫地扶起他："快去我家养伤吧！"

那人推辞着："等下同志们会来找我的。"

二嫂看他腿上的血，说："荒郊野外哪好养伤？还是跟我回家吧！"

二嫂一咬牙，背起他回了家，请大夫治了伤，每天熬鳝鱼汤给他喝，知道了他是游击队的副队长。

副队长伤好归队后，经常来看望二嫂，把二嫂家当成联络点和中转站。

这天，副队长对二嫂说："明天晚上有军区特派员来，然后我们都来您家开会。"

二嫂点头答应下来。

第二天傍晚，二嫂把三个孩子托邻居照看，怕孩子吵闹影响了队伍开会。想着天太晚了，要安排特派员住下来，又把家里最好的铺盖拿出来，铺在床上。

这时，院子里闯进来一伙人，端着枪对准她，让她待在屋里不要出来。

二嫂的心怦怦跳着，她听到有人说着呜里哇啦的话，瞬间明白了，这是日本鬼子得到了情报，提前来布控抓人的。

天渐渐黑下来，二嫂心里焦急万分，不能眼睁睁看着自己人落入日本鬼子的罗网！二嫂想从后窗跳出去，刚推开窗，就看见不远处埋伏着几个人。二嫂只好硬着头皮想从屋门走出去，又被拦住。二嫂说："我要解手，活人总不能让尿憋死。"

一个汉奸晃着手里的枪，恶狠狠地说："赶紧回屋去，不然我现在就让你死！"

二嫂说："哼，游击队真要来了，你们几个人能抓住？"

汉奸冷笑道："村里村外，皇军已经布下了天罗地网，哪怕来一只鸟儿都插翅难逃！"

透过窗子能看到天上的月牙儿了。原本在院子里说话的鬼子和伪军也隐藏在各个角落里，悄无声息。

怎么办？能眼睁睁看着自己的同志投进罗网吗？二嫂感觉心

里像着了火。

火！熊二嫂闪出一个念头，她看看泛着桐油光亮的杉木屋架和隔板，抬头望着屋顶上捆扎有序排列密实的稻草，又望了一眼窗外天空里更加明亮的月牙儿，毅然走进了厨房。

二嫂颤抖着手，把厨房里的一大堆草拖到杉木隔板下，坚定地擦着火镰，瞬间烈焰升腾，蹿上屋顶，火光一下照亮了半个夜空……

站到二嫂坟前的将军，就是当年的副队长，想给二嫂立一块碑。

却没人知道二嫂的名字。

二嫂是熊家在逃荒人群中收养的童养媳，打小被称作熊二家的。又问左邻右居，老人们都一脸茫然："别说叫什么，连她姓什么都不知道。"二嫂的大孙子突然想起本家族一位老师编有一本族谱，忙过去查看。果然在他爷爷名字一侧写有：何氏。孙子问老师："我奶奶姓何？"老师叹一声："这个'何氏'是说真的不知是何姓氏啊！"

将军双手捧起一抔泥土添到二嫂低矮的坟上，流下热泪，轻轻喊了一声"二嫂"，庄重地敬了一个标准的军礼。

◀ 芦苇花开

江边苇花飞扬。芦苇深处，芦花偎在大贵怀中，说："咱俩私奔吧，今后同生同死！"大贵说："我们后天五更走，在龙家台渡口见面。"

回到家，芦花妈说："花，迎亲的日子马上就到了，别整天愁眉不展，郭大少爷仪表堂堂，真是你八辈子修来的福分。不是老财主看不中那些疯疯癫癫的洋学生，要找个本乡女子收住读了洋书疯了心的大少爷，郭家能是你去的？"

芦花说："妈，我天生吃糠咽菜的苦命，还是退了这门亲事吧。"妈说："阳光大道你不走，偏要和大贵一起走泥泞小路啊？你愿意，妈还不答应，天下没有看自己孩子往火坑里跳的父母！"

"妈，那您今后就看不到女儿了。"说着，芦花的眼圈儿红了。

妈指着她鼻子骂起来："天生的贱骨头，不嫁郭家，就去死吧！"

妈把她锁在家里，悄悄去大贵家，在大贵面前双膝一跪：和芦花断了吧，你真喜欢她，就不能让她跟你受一辈子苦。

后天一早，芦花偷偷跑出来，龙家台渡口的江边，只有大贵的一双鞋，却没有大贵的身影。

妈妈领着人把她追回去，告诉她，大贵昨天就失踪了。

一顶花轿把芦花抬进了郭家。花烛高照，芦花被掀去盖头，脸上挂着泪。新郎不喜欢芦花愁眉苦脸的样子，说："以为我稀罕你？你只是我爹讨来的儿媳妇。"

芦花说："那就请你放过我，我心里也有人的。"

郭少爷大怒："你有人还坐上花轿来干什么？"

芦花说："不是父母以命相逼，我怎么会来？"

郭少爷说："你不会也以命相逼吗？"

芦花露出攥在手里的剪刀，冷笑着："你说对了，我现在死给你看！"

郭少爷忙拦住："咱俩两便，下半夜，我放你走，去找你的心上人吧。"

芦花的眼泪又流下来："都说他投江自尽了，我不信，是他想断了我的念头，他一定活着，一定……"

郭少爷打量着芦花俊美的脸蛋，夺下芦花手里的剪刀说："我成全你，不过，既然担了一场夫妻的名分，我们还是……"说完，猛地一口吹灭了花烛。

天刚亮，芦花就赶到了龙家台渡口，摆渡的老艄公还没起来。芦花焦急地拍门。老艄公问："这么早你要去哪里呀？"

"大爷，我想问您，前些天说的那个投江自尽的年轻人去了哪里？"

"死了呗。"

"我不相信，他不会死的，他放心不下我，怎么会死？您看到了，就告诉我。"

老艄公说："那你谁也别跟说，也不用过江，顺着江边往前走，投奔八路军的队伍就找到他了！"

芦花女扮男装一路乞讨，终于找到一支八路军的队伍，却问不到大贵这个人。她又往前赶路，半年过去，也没找到有大贵的队伍。有一次她竟然闯到了师部，被警卫员当成奸细抓起来盘问。部队首长了解了她的来意后，帮她打问到了大贵。

芦花找到了大贵所在的连队，大贵却负伤去了野战医院。芦花心急火燎地找到医院，大贵已经被安排到老乡家里养伤了。等找到那个小山村，眼前的惨景把她惊呆了：还在冒着零星黑烟的残垣断壁下，横七竖八着几具老百姓的尸体。却没有大贵。她妄图用手来挖开每一堵倒塌的断墙来寻找大贵，她满是泥土的手指淌着血。

"大贵——"她绝望的呼唤在山谷里久久回荡。

芦花参加了队伍，成长为一名护士。

芦花跟随野战医院，辗转大江南北。芦花成了大龄青年。医院的老大姐劝她，该结婚了，再不能拖了，再拖就成老太婆了。给她介绍了医院后勤的科长，大家都还算了解。芦花想了想，就同意了。老大姐说："都不小了，那抓紧安排婚事吧。"芦花说：

"没什么可安排的。"

后天就要结婚了，老大姐说明天你就不要上班了，好好准备下。芦花答应着，第二天还是来了。下午，她正要提前回去，一辆军用卡车送来个危重伤员。她小跑着去参加抢救，她麻利地剪开伤员被血粘在身上的衣服，用温水擦拭着他的身体。突然，病人脖子上一颗黑痣映入她的眼帘。她急忙擦净他缠满绷带血污的脸："大贵！大贵！"

大姐问："认识？"

她拼命地点着头："这就是我找的人！"

手术很成功。两天后，大贵醒了过来，望着眼前的芦花说："我还活着？真的不是在做梦？"芦花把自己的手放进大贵的手掌里，说："不是做梦。"大贵说："这些年我晚上常梦到你。"芦花喃喃地说："我们再也不分开了。"

大贵和芦花甜蜜的生活开始了。

芦花怀孕了。

芦花生了孩子。

孩子胖乎乎的，像年画里的娃娃，谁见了，都忍不住亲上一口。孩子出了满月，芦花也积极要求去朝鲜战场，大贵半年前就已经跨过了鸭绿江。

战地医院，猛烈的炮声如在耳边炸响。手术中，芦花的手不小心被手术刀划破了。第二天就发起烧来，她被感染了。医院想把她送回国内救治，而道路早被美军炸断。老大姐流着泪说："芦花，你要挺住，坚持，孩子需要妈妈，孩子等着你回去。"

"孩子，孩子……

大贵，大贵……"

弥留之际的芦花虚弱地呼唤着她最亲近的人。与她相隔不远的上甘岭，大贵正坚守阵地，朝敌人射出火焰般的子弹……

◀ 字　痴
·······················

　　乔小梁是民国时期的民间书法家，除了种好家里的十亩水田，剩下的时间就是读帖写字。

　　乔小梁的一手好字是爷爷教出来的，爷爷中过秀才，写一手上好的蝇头小楷。小梁的字写得端正，爷爷就敲他哥哥大梁的头："快临帖吧，弟弟的字比你好！"大梁头一歪躲过去，就是不写。大梁的字虽然写得不好，却聪明乖巧，长大后读完大学谋了一份公职。

　　早上写，中午写，晚上写，从田里回来顾不上洗去两脚的泥，就拿起毛笔。在街上和邻里说几句话的功夫，小梁的手指也会不自觉地滑动。乔小梁心情好时，想教儿子练字，小梁老婆却不让，说你除了写字什么都做不好，害我跟你清汤寡水地过了半生，还想再误下一代吗？

　　爷爷却以小梁为骄傲，走在街上逢人就说："小梁临摹王右军已出神入化，他的字早晚会值钱。"

有人不屑地问："能值多少？"

爷爷并不作答，捋下灰白的胡须说："知道'交通银行'的几个招牌字吧？郑孝胥写的，一字一两黄金！"

众人惊呆，很多人劳作一生也没见过一两黄金呐！

"知道汉口最高的楼吧？猜猜上面'江汉关'三个字花了多少钱？是请湖北省教育厅长宗彝写的，给了500两纹银！"

"三个字就给这么多？"

从此，人们对乔小梁多了一份尊重，也多了一份期盼。什么时候他的字能卖出好价钱呢？哪怕一个字只卖一块钱，也总算得到了回报，也不会再被他老婆每天戳着脑门子唠叨。

终于，机会来了。

汉阳城里新开了一家大钱庄，钱庄贴出通告，说门前牌匾上"晋商钱庄"四个字要面向大众征集，谁都可以给写，只要字好，入选即付500银圆的润格，但只悬挂一年，下一年再重新征集。今天来看，老板就是在变相做长期广告。

通告一出，百里之内的文人墨客都积极响应，三天时间，钱庄已收到上万幅作品。乔小梁也精心写了几幅，送到钱庄。

红木牌匾挂出来，入选的是柏泉镇张老举人的字。据说还不是老举人主动写的，而是钱庄老板对所有应征作品都不满意，亲自带着银票慕名到张府求的。擅长颜体的张老举人稍作推辞，还是非常高兴地收下润格，挥毫之后，顺便把家里的10万银圆存进钱庄。

第二年，规模更加宏大的征字活动开始了。这一年的闲暇时间里，在老婆的监督下，乔小梁只练4个字。乔小梁信心满满地挑出这一年里写得最好的几幅送去了钱庄。不想还是落选了。

小梁老婆安慰道："字是越练越好，说不定明年就能选上你的，就能把银圆拿回家了。"

不想第三年，乔小梁的字依然落选。

乔小梁比平时更少了言语，但还是坚持每天练字。老婆发现他并不是在练"晋商钱庄"这几个字，就扯高嗓子吵："要么就不练，要练就写钱庄那几个字！"

正吵得火热，哥哥大梁来了，了解了原因，又看了案上的字，说："论水平，你绝对能选上的。"

小梁说："选不上就选不上吧，第一年选张老举人的字我是服气的，第二年选的是警察局王局长写的，就有些离谱。第三年更可笑，选了来汉阳城开万国洋货公司的一个洋人写的，写的那是字吗？怎么就入选了呢？"

大梁笑了："是啊，有些需要题字的地方，并不都是写字好的人去写。"

小梁老婆说："我还是希望小梁的字选上，能拿回500块银圆呢，我跟他这么多年，过的都是紧巴日子。"

大梁听了，笑眯眯地点点头。

终于，晋商钱庄的征字活动又开始了，可任凭老婆说干了口舌，乔小梁就是不参加了。老婆说："你若不参加，今后我就不让你写一个字。"

小梁说："宁可不写一字，也绝不去参加。"

夜晚，有人敲门。开门一看，竟然是钱庄老板。老板满脸堆笑地说："久闻先生大名，特来求赐墨宝。"

乔小梁淡淡一笑："我的字功底不够，之前已参加三次，贵庄都没选用啊。"

老板长叹一口气说："都怪请来的评审有眼无珠，造成遗珠之憾，实在可惜，今年您一定要赐字！"

一张银票放在桌上，随后老板展开桌上的宣纸。

乔小梁被老板的诚意打动，他静气凝神后，饱蘸墨汁，一挥而就。

乔小梁的字刻上了钱庄的新牌匾，老板专门设宴款待小梁。席间，老板说了很多恭维的话，说他的字精美绝伦，会给钱庄带来好运，会让钱庄八方来财，所以他认真考虑了，明年可能会破例，牌匾会继续请小梁来写，并且是双倍的润格。小梁借着酒劲有些飘飘然，感觉这些年对书法的痴迷和坚持终于得到了回报，也想起哥哥大梁之前说过的，什么"有些需要题字的地方，并不都是写字好的人去写"。现在看来，这是多么荒谬的一句话呀，看我小梁，不就是凭借书法功力，终于被钱庄选中和认可了吗？

酒宴散时，老板又悄悄塞给他一张银票。小梁以为老板喝醉了，忙推出去："您不是提前给过润格了吗？"

老板谦恭中透出狡黠一笑："我这小生意还请令兄大人多多照应。"

乔小梁耳朵轰的一响，险些栽倒在地。哥哥乔大梁新任了汉口市财政局的科长，分管银行和钱庄。

第二天，小梁老婆兴冲冲地拿来纸笔让他教儿子练字，不想一向温顺如绵羊的小梁咆哮成一头狮子，把面前的纸撕成鹅毛飞雪："字好有什么用？字好有什么用？"

　　从此，乔小梁再不写字，不写。哪怕夜深人静辗转难眠时，他也只是悄悄用手指在肚皮上画，一撇一捺……

◀ 秦小娥

张百顷刚动纳妾的心思，秦小娥出现在慈惠墩。秦小娥姣美的容貌和苗条的身材，像汉江堤满坡嫩草中挺拔出的一朵金黄蒲公英小花，瞬间擦亮了他的眼睛。

秦小娥一家逃荒而来，她妈病倒在慈惠墩，情急之下，只好放出话来给闺女找婆家。多俊的小娥啊，求亲的人如过江之鲫，青年来求，鳏夫也来求，财主家更是让媒人许以重金。张百顷对秦小娥志在必得，秦家正在难处，肯定是谁给钱多，就许配谁家。

父亲让秦小娥自己选。小娥说，如果想把女儿全换成钱，我就去趟财主家，如果让女儿能有个自己还中意的人，我就选阳大牛。父亲说，一路要饭都没饿死，给你找了婆家，难道还饿死了？

小娥就选了五官端正年龄相当的阳大牛，只是大牛家给出的聘礼，还不及张百顷许诺的一个零头。

都是穷人，一切从简，也不操办婚礼了，阳家就把小娥接过去。夜晚，红烛摇曳，推门进来的却是一身绫罗的张百顷。

小娥惊呆了，你……

张百顷嘿嘿一笑，我想你都快想疯了，你却不想嫁给我。你却不知，天底下哪有钱办不成的事儿？你金贵得很呢，我用五亩水田才换来你一晚。

小娥脑袋嗡的一声，忙对窗外喊，来人哪！

怕是喊哑了嗓子也没谁来，这一家人正高兴地在我给的水田里摸黑干活呢。

小娥撒腿跑到厨房，抄起菜刀：别逼我！

张百顷迷离地看着她，一步一步地走过来。

菜刀在脖子上猛地一横，顿时鲜血喷涌。

张百顷一下慌了，破锣似的喊：来人哪……

小娥没死，脖子上多了条蚯蚓似的疤，紫红。

一家人是畜生啊！小娥要走。阳大牛一家跪在她面前，大牛爹连连扇自己耳光，苦苦求她宽恕，说自己一时糊涂耳根软。她铁了的心软了，说到底，也是被穷逼的。可人穷，就会龌龊吗？

一年后，小娥身材丰满得更楚楚动人；两年后，小娥有了孩子。小娥白里透红的脸蛋儿上，多了之前没有的韵味。大牛种完自己家的几亩薄田，就去张百顷家打短工，清早去，晚上回来。几天后，大牛兴奋地说，我不用去地里累死累活了，我只在他家扫扫院子，看看大门什么的，就给一样多的工钱。

小娥说，能有这样的好事？

我这不干上了？

小娥说，你一身力气，不去种地，却画眉鸟似的养着你？我觉得不踏实，自己多留些心，啊？

大牛嘴上答应着，却不以为然。

果然，没过几天，张百顷派人来叫小娥，让过去理论。小娥心怦怦跳着，跟来人去了。

大牛被五花大绑在廊柱上，赤条条的，像刚从屠户案板上跑走的净毛猪。一个蓬头散发裸着黑黄皮肤的女人在一旁一抽一抽地哭。张百顷说，我好心留他做事，他却，却……

大牛你说，怎么回事？

大牛一言不发，头低得快扎进裆里。

张百顷说，大牛趁他午休时，拉住吴妈要做苟且之事，吴妈不从，现在非要把他送官。

秦小娥忙赔出笑脸，说，送官虽说能出口恶气，可对她也没什么好处，还是您给美言几句吧。张百顷故作神秘地把她引入另室，小声说，我还不愿意大事化小小事化了吗？可这吴妈就是哭着不愿意。我劝半天，这才吐口说不送官可以，但一定要赔偿，唉。

那得赔多少啊？

二亩水田。

二亩水田？小娥的嘴张得老大。大牛家一共就二亩半水田，三亩旱田。

不然她就送官，你看怎么办？

秦小娥银牙一咬，跪下来，人是您府上的，还是请您多通融。

张百顷笑笑，你是明白人，这样吧，你留下来，陪我一晚，两清。

秦小娥也笑笑，不呢？

一文不少，赔偿！

秦小娥冷笑两声，站了起来。

大牛回了家，家里的水田没了。

民国五年，蝗灾蔽日，田里绝收。临近年关，秦小娥家几天都没揭开锅，才会走路的孩子饿得哭声越来越弱。小娥说，要不，咱一家去讨饭吧？大牛爹摇摇头，我这么大岁数，还是死在家里，不做野鬼。小娥急得直跺脚，左邻右舍，除了张百顷家，谁家烟囱也不冒烟。小娥望着孩子，心如刀绞。

小娥走进了张百顷家。张百顷一愣，你来干什么？小娥低着头，边解衣服扣袢边说，孩子怕是饿得不行了，我来求你，给些米……

好半天，张百顷才缓过神来，望着面前已快脱成精光的胴体说，我喜欢你，是真心喜欢你，并且曾想方设法地要得到你。可眼下，我万万不会乘人之危来占有一个想救孩子的母亲！你要多少米，背走就是了！

穿好衣服的小娥，快步走出门去，散落的头发遮住脸，没有背走为她备好的散发着米香的袋子。

第二天，秦小娥不见了。有人说，小娥抱着孩子去讨饭了。也有人在波涛汹涌的汉江边发现了一只女人的鞋子，说是小娥的。

第二辑

棋痴

◀ 棋　痴

　　老马落户湖乡，纯属偶然。

　　老马本是羽扇纶巾的富家子弟，年轻时遍游祖国大好河山，途经汉水登岸充饥时，见有村人对弈，顿时忘记了饥饿。棋主是一中年男子，前来对弈者皆大败而去。小老马对象棋天生痴迷，看了半晌，拨开众人，坐到了棋盘前。一阵棋子乒乓作响，小老马连赢三盘。中年男子擦下额头说，这半天，头昏眼花，我休息下。转身喊：莹——莹——！

　　一红衣妙龄女子出现了，明眸皓齿，发辫黑亮。莹莹坐到棋盘对面，对他浅笑下，说声先请。一股清香入鼻，小老马立刻心慌意乱，一边排兵布阵，一边看垂髫飘摇。三盘过去，小老马皆输。小老马还要继续，莹莹莞尔一笑，明天吧，我要去喂蚕了。

　　小老马如鲠在喉，第二天早早赶来。等莹莹采桑喂蚕做饭擦地把家务活都忙完了，日头已过正午。而对弈的结果却依旧是小老马又输掉三盘。第三天，央求着莹莹下了五盘，小老马也没有赢到一盘。

小老马说，我拜你为师吧。莹莹说，岂敢，我还没你大呢。

论的是棋艺、道行，不论年纪，你就是我师傅了。

别瞎喊，我下棋纯粹好玩，从没当真过。

小老马可是认真，问，你跟谁学的？

和我父亲。

那怎么我能赢他不能赢你呢，你经常看谁的棋谱？

棋谱？莹莹迷惑地摇摇头。

下这么好的棋，没读过棋谱？要不，我收你做徒弟，教你学棋谱。

莹莹斜他一眼，当我师傅？就你？

赢她几盘再回家。这样想着，小老马在汉水边住下来，谁也没想到，一住就是一生的光阴。有时别人会问，你这么高的棋艺，真不能赢她？小老马说，真的不能，我一看她，就六神无主了呢。问的就笑笑，不再说话。

这期间家里派人找来，要他回去成亲。小老马说，退了吧，赢不了棋，三年五载不会回去。后来他爹亲自找来，说，回家！小老马依旧摇头。他爹气急了，往小老马脸上呼了两巴掌。小老马笑道，打得好，情分断了！他爹说，断吧，看你花完钱，还是不是我儿子？

真像他爹说的那样，小老马的钱很快就花光了。小老马来到莹莹家，双膝下跪，我来当上门女婿吧。莹莹的父亲慌忙搀扶，为难地说，你是好孩子，可莹莹是许配了人家的，不过……看她自己的意思，如果她愿意，我就去退了。小老马热辣辣地望着莹莹。莹莹很快镇定下来，说，我不愿意。小老马说，为什么？咱俩谈得来，也有共同爱好。莹莹说，你是公子哥，咱俩不是一类人。再说下棋是闲趣，能当吃当喝？小老马说，我家里富足，好比有金山银山。莹莹摇摇头，我不会去当无根浮萍，跟你远走他乡。

跪着的小老马临起来时轻声地问莹莹，做不成夫妻，今后还可以一起下棋吗？莹莹的泪水一下子满了眼窝：你这个棋痴呀！

媒人送来嫁娶帖，成亲在即。莹莹向婆家要了个条件：今后会有个棋友经常一起下棋，男的，同意就成亲，不同意就散！婆家仔细打听了，就捎话来：下吧下吧，手碰了手没事，心别碰了心就行。

莹莹坐上花轿走了，临走对小老马说，今后咱俩一年下一次，一次下三盘。下棋是玩儿，当不得真，你可别把一生耽误了。小老马也说，那户人家若对你不好，就回来，我等着你！

时光荏苒，莹莹生儿育女，家庭和睦。小老马也成了老马，这中间筑屋耕田，娶妻生子，再苦再累，从没放弃过下棋。方圆十里，和他过手的都会输给他，但他每年和莹莹的三盘棋，却依然没有赢过。

老马病了，病入膏肓。满头银发脸色灰黄的莹莹闻讯后，来到老马床头，凝视半晌：怎么就病了呢？

老马转过眼珠看她，眼睛里一片安静。

小病小灾，一定会好的。还能下一盘不？我先出子了：炮二平五。

老马的眼睛突然像注满了油的枯灯，瞬间有了光芒，他微微欠了欠身子，嘴唇动了动。但莹莹听清楚了：马八进二。

出乎意料，老马竟破天荒地赢了。莹莹笑眯眯地说，你休息，我走了。老马摇摇头，坚持着要继续。莹莹眼睛里的笑不见了，用无名指把额前的一缕头发理到耳后，慢慢地说，好吧。

第二盘战罢，平棋。老马眼里跳动出灼人的火苗，莹莹的脸也红润起来。

第三盘双方直杀得天昏地暗，炮毁马暗。最后，老马长吁一口气，面露笑容。涨红了脸的莹莹愣了半晌，说，再来一盘？

老马摇摇头。

莹莹说，那你先歇会儿，歇过来再下。

老马依然摇摇头，声音很小地说，老规矩，只下三盘的。

莹莹的脸由红变绛，给老马掖好被角，缓缓地起身回家，刚出门口，"哇"地喷出一口鲜血。

第二天，老马竟能坐起来，摇摇头，冷冷地一笑：赢了我一辈子棋，就口口声声说下棋是玩儿，既然是玩，可还当什么真？我才头回赢一次，就气成这样儿，真是的！

◀ 对　手

饭后茶余，新沟镇的人们会说，别看刘贤德和朱格亮表面上满脸春风，其实两人是对手，朱格亮抢了刘贤德的老婆，刘贤德抢了朱格亮的生意。

两个人是从小一起长大的邻居。

刘家富庶，刘贤德从小蜜罐里长大；朱家就不行了，他父亲爱赌，稍微值钱点儿的东西就拿去赌，输就输个痛快，赢了却又呼朋唤友去喝酒庆贺，输和赢都落个两头精光。全靠他妈省吃俭用拉扯，朱格亮才长大。少年刘贤德拿着赛璐珞球街上玩耍，球蹦到朱格亮面前，格亮接住，赶忙拍几下。刘家的仆人抢过去。朱格亮拍得上了瘾，说，我再拍几下吧。仆人说，你知道这是多少大钱买来的？是谁都能拍？朱格亮说，现在我没有，总有一天我会买得起。仆人说，就凭你？朱格亮说，是的，总有一天，我会超过你们！这时一旁走过的刘贤德爸爸哈哈大笑，说，听见了吗，儿子，你要长志气，不然，别人就会超过你！

刘贤德去读私塾，朱格亮就趴在窗外偷听；刘贤德有读不完的书看，朱格亮没有，就养成过目不忘的本领。后来，刘贤德在自家的绸缎庄学做生意，朱格亮一见，就央求母亲托人让他去一家布匹批发商号当学徒。

新沟镇最漂亮的姑娘张爱玲，好像"明眸皓齿"和"顾盼生辉"这样的词句就是为她量身定做的。她每次上街，都会造成交通堵塞。这样的俊姑娘，刘家早早地下了聘礼，只等成亲。可穷小子朱格亮却利用登门给张家送布匹的隙间，让爱玲姑娘一见倾心，硬逼着家里给她退亲。父母怎么会听由孩子任性呢？爱玲的哭闹，只能加快了父母准备她出嫁的节奏。嫁妆准备好了，却抬到了朱家的寒舍。都说悔婚的爱玲父母太听孩子的话了，刘家那可是方圆几十里打灯笼难寻的好人家啊。爱玲父母嘴里说，我们不想委屈孩子。可心里的苦水只有自己知道，只能听由姑娘了，因为一颗生命的种子在爱玲肚子里生根发芽了。

退完婚，刘家抢在爱玲进朱家门之前，给贤德成了亲，是汉阳县熊举人家的千金。喜棚搭满一条街，喜宴随吃随走。而随后的朱家办事，举倾家荡产之力，才摆了三桌寒酸的酒席，让爱玲的父母半年没出门。

婚后的刘贤德松懈了下来，交着一帮朋友，终日酒不离口。朱格亮开始自己做些小生意，养家糊口，从卖零用日杂开始，后来举债开了一家布庄。开张的那天，刘贤德的父亲对儿子说，看见了吧，沉舟侧畔千帆过，你不上进，祖传家业再大有什么用，人家就会到你前面！一句话警醒了刘贤德，重新归拢心思回到绸缎庄里来。几年过去，绸缎庄和布庄成了新沟镇两大亮点，朱格亮起早贪黑，却抵不住刘贤德的花色齐全，等朱格亮向刘贤德的花色看齐，刘贤德又换了其他品种。朱格亮独辟蹊径，从江南请来一位针法细腻的裁缝代客加工；没几日，刘贤德从汉口法租界找来洋裁缝专做西装。天逢洪涝，年景不好，朱格亮想出了可以以物换衣的销售方法，刘贤德听说了，马上打出"今年穿衣，明年给钱"的招牌。朱格亮叹一声，小本经营难抵财大气粗啊！

有了刘贤德的绸缎庄，朱格亮绞尽脑汁地想生财之道；有了朱格亮的布庄，刘贤德丝毫不敢懈怠，生怕打个愣的功夫，顾客都去了朱格亮那里。

新沟镇的人说，他俩摽上劲了，好比周瑜遇见诸葛亮。

朱格亮去送货，在湖淌子里被强人绑走，要大洋三千赎人，否则三天后撕票。朱家托人去求，强人强硬，说少半文都不行。朱家布庄虽说生意也算兴隆，可钱都囤了货，哪里能有这样一笔钱呀？只有一家人抱头痛哭。人们说，今后少了朱格亮，刘贤德的绸缎庄就是一花独秀了，刘贤德该高兴得跳起来！

朱家正一筹莫展，不想，第三天头上，朱格亮毫发未损地回来了。家里人好奇地问，你是跑回来的？朱格亮说，怎么？不是你们送钱赎回来的？我还寻思你们从哪儿能弄来这么一大笔钱呢？家里人问，是不是他们良心发现了呢？朱格亮坚定地摇摇头，我亲眼所见，朱湖的王财主因为家里少送去了五百块大洋，被他们砍了头的！一家人更迷惑了，真是搞不懂朱格亮怎么能回来。

刘贤德他爹灰白的胡子一抖一抖的，点着儿子的脑袋说，你呀，他夺了你的老婆，你还掏空家底儿去救他？

刘贤德冲爹一笑，说，对手，我需要一个旗鼓相当的对手一路陪伴，不然，多没意思啊！

◀ 弈　技

民国初年，裕华纱厂的老板张松樵回家乡捐资办学，一口气建起 10 所松荫小学，让方圆几十里的孩子们免费就读。

有一次，张老板回乡来松荫第六小学看望学子。走进一间教室，老师喊："张校董来了，全体起立！"

孩子们齐刷刷地站起来，对张老板鞠躬道："张校董好！"然后一片寂静。

张老板站上讲台，正要开口，突然，前排的课桌上，滚落一枚棋子，声音清脆地落到地上，划个弧骨碌到张老板脚下。张老板弯腰捡起，看了看，是一枚"卒"。张老板也素爱象棋，和蔼地问那孩子："爱下棋？"

那孩子点点头。张老板又问："下棋不影响学习？"老师忙说这孩子叫李大华，父母尽失，家境贫寒，除了读书，就靠象棋自娱自乐，不过书也读得不错，成绩名列班级前茅。

张老板说："这么优秀，值得褒奖！从今天起，我每月资助你5块大洋的生活费。”

老师忙拉过李大华说：“快谢谢张校董，过来磕头！”

张老板笑呵呵地说：“不用不用，这样吧，一会儿下了课，让孩子到办公室，我看孩子的棋艺到了什么地步，我给他指点一二。”

下了课，李大华抱着自己的象棋，跟在老师后面，来到校长办公室，校长的办公桌上早已摆好了一副红木象棋。

张老板示意李大华先走，李大华也不懂客气，上来就来了个当头炮。走了几步，张老板面含笑意，边品茶边点点头：“此子可教。”再走几步，张老板神情凝重，专注棋盘。下到关键时刻，观棋的校长递过茶来，说张老板喝茶吧！一个趔趄，碰乱棋局。张老板怒道：“你干什么？我不喝！”校长说：“恕罪恕罪，重新摆局吧！”张老板说：“摆什么摆，我已经输了。”校长说：“怪我怪我，黄毛小子焉能赢您？”说着，狠狠地瞪了李大华一眼：“快回去上课！”

张老板说：“不慌走，再对弈一局。”

这一局，张老板每一步棋都谨小慎微，都三思后才拈子，落子。半晌过去，凝重的脸颊刚流露出一丝微笑，却听到李大华清脆的声音：“将！”

张老板僵在那里。

校长忙过来说：“孩子不懂事，他是瞎猫乱碰，误打误撞。”

张老板拿起礼帽，一言不发地走了。

校长一肚子的火想发泄，可看看比桌子高不了多少的李大华，轻轻地哎了一声，朝他挥挥手："回去上课吧。"

张老板再来学校，是两年以后。这之间李大华蹿高了一头，有了张老板每月的资助，学业优秀，棋艺更精。张老板到校之前，校长特意跟李大华说，是张老板每月资助你，你生活才无忧，你要感激张老板，如果张老板再找你下棋，知道该怎么做吧？李大华点点头，知道。

果然，张老板视察完学校，特意把李大华喊来，问每月资助的钱是不是及时到他手上，够不够花？李大华点头称是。张老板说："你的棋艺又有了长进吧？我的钱可不是养饭桶的。来，下一盘。"说话间，校长已摆好棋盘。李大华先开始有些拘束，等双方过招几步，就全身心投入到棋局里了。这一盘棋足足下了一个时辰，才分出胜负。张老板拍拍大华的肩膀说："后生可畏呀。"

张老板走后，校长指着李大华的鼻子说："怎么没记性呢，这是你的大恩人啊，不是他资助你，你能过滋润的日子，能安心读书？你就不能让他一步？"

李大华挠挠后脑勺，嗫嚅地说："他资助我，应、应该更愿意看到……我进步和出息吧！"

"你是出息了，我看张老板都生气了，他若断了你的资助，有你出息的。"

说得大华后悔不迭，忧心忡忡地在心里埋怨自己。

不料，这个月张老板派人给李大华送来的钱却涨成了10元，外加几册象棋棋谱。校长对李大华说："张老板大人大量，你小子真是遇到了好人！"

20 年过去，李大华成为声震一方的象棋高手，在汉口市举办的象棋大赛中，荣获冠军。他第一个想到要去感谢的就是张老板。张老板已是古稀老人。张老板说："其实我的棋艺也还可以的，能赢我身边的人。"李大华点头称是："请您原谅我年幼时的无知。"张老板说："咱再对弈一局？"李大华说："您原谅我吧。"张老板说："你说哪里去了，不就是一盘棋吗，输赢又何妨？"李大华心想，这次一定要输给张老板。不过，两人一交手，李大华又全身心进入了博弈状态。

　　随着时间的流逝，对弈进入白热化，张老板绵里藏针，李大华针锋相对，小小棋盘暗云涌动，惊涛拍岸。一盘棋，从午后一直下到黄昏，不分伯仲。是张老板一连串的急促咳嗽把李大华从棋局中惊醒，望眼对面抖动的花白胡须，忙卖个破绽。张老板精疲力竭地往后一靠，说："你让棋了。"

　　李大华连连摆手："我想知道，您老这么高的棋艺，当年是为了鼓励我，才故意让我赢吧？"

　　张老板摇摇头："你在下棋上天资聪慧，当年的确是输给了你。不过，自打输给一个十几岁的孩童，回来我就把所有的闲暇时间都用在了棋盘上，今天我能赢下象棋冠军，看来，功夫是不负有心人的。"

　　李大华说："谢谢您，资助了我的童年。"

　　张老板说："活到老学到老，我也要谢谢你呀！"

◀ 目　标

　　柳生一家是外来户，多年前他年轻的爹挑着担，柳生坐在箩筐里，后面跟着他身穿补丁衣衫的娘。他们逃荒到慈惠墩，在这鱼米之乡扎下根来。

　　从柳生记事儿起，他爹早出晚归，给周围的农户打短工，他娘给大户人家浆洗衣被，他们勤扒苦做，勉强糊口。然而，他们再苦却不苦柳生，让他跟着村里的私塾先生读书。

　　柳生并没有体恤父母的良苦用心，到了学堂乐得和同龄的孩子们一起打闹，做游戏。这天先生有事晚来了一会儿，他还没走到门口，就听见柳生等几个孩子吵闹的声音能把屋顶抬起来。先生把柳生等在圣人牌位前罚了跪，用教鞭责打了手心，还在晌午头最热的时候，叫上柳生走到田野里。毒辣辣的日头底下，柳生跟在先生后面，汗流浃背。一路上，柳生的汗水被风吹干了，又流出来。吹干了，又流出来。

　　终于到了一块玉米地，玉米长到了一人多高。先生说，你钻进去。柳生看看先生，迟疑着。先生说，我和你一起进去。于是，两个人拔开玉米叶子，进到里面。玉米地里密不透风，高温闷热，柳生感觉到呼吸困难，身上难受得像爬满了虫子。他嗫嚅地说，先生，我们为什么来这里？先生问他，热不热？他点点头。先生说，是这里好还是咱们塾堂里好？他说，塾堂里好，那里凉快。先生说，你爹为了把你送到塾堂里，可他却在这里受苦，你知道吗？柳生惊讶地说，不会吧？先生哼了一声，我们出去，在路边等他。

他们站到路边一棵树荫下，柳生立刻觉得树荫下是世上最美好的地方。过了好半天，玉米地里真的钻出来一个人，他在锄地。那人锄到地头，喘了两口粗气，又接着锄下面的两垄。先生喊住了他。果然是柳生的父亲。他住了手，吃惊地望着他们。柳生望着父亲，他黝黑的胳膊握着锄头，身上竟然没有一滴汗。先生问，你怎么不流汗呢？父亲笑笑说，我从早上干到现在，身上的汗早就流干了。先生又问，这么热，你怎么不休息一下？父亲又笑笑，家里穷，我只有多干多挣钱。我每天都有目标的，一天要锄多少地，完成了再休息，没有目标，自己就懒惰很多。

回到塾堂，先生对柳生说，你是个聪明的孩子，知道下面该怎么做了。

柳生像变了一个人似的，给自己定了每天的目标，在学完先生布置的功课后，还要自己多读一篇诗赋，这样每年就比其他孩子多读了360篇，十年呢，就是多读了3600多篇。他还给自己定了长远的目标，五年内通过童试，十年通过乡试，接下来一定通过殿试，绝不能让父亲辛劳的汗水白流。

柳生发奋读书，终于完成了人生目标，得了解元，高中举人，考上进士。宦海沉浮，时光荏苒，几十年过去，他已是主政一方的知府，但也是一把胡须的人了。

他揪下鬓角的几根白发，推倒晓镜，长叹一声：老了，这就老了？人生苦短啊！

想自己走上仕途后，这些年为公务操劳，兢兢业业，廉洁奉公，没有算计过个人得失。再过几年就该告老还乡了，自打父母去世后，老家两间年久失修的破房子，想必早已坍塌。他老来得子，膝下的两个儿子还在读书，自己父亲当年靠辛苦劳作为儿子撑起一片阴凉，自己也该为后人留下些财富吧？

他盘算着，是要建三套宅院的，自己和妻子住一套，两个儿子每人一套；给自己存个一万两纹银的养老金，再给两个儿子每人存一万两成家立业的钱，那他就可以后顾无忧了。这些年他并没有什么积蓄，如果靠俸银来完成这些目标，无法实现。自己已经有了耳聩的感觉，衰老已经一步步地到来，他要为家庭幸福尽快实现这个目标！

他主动去拜会之前他闭门谢绝的商贾，甚至提出来为商号题写匾额，要知道这之前是商家想都不敢想的事情，他写得一手绝好书法，他们曾拿着不菲的银票来请他题跋都被拒之门外。很快，许许多多的商家都以悬挂他的墨宝为荣，很多巨富都以和他同桌共酌为耀。很多之前由手下人经办的兴修水利、翻建街道、公务采买等杂事，现在他都亲自过问。他还经常关切地问下面的小吏，有没有进步的想法？

终于，他完成了目标。却没有停下来，因为他又给自己制定了新的目标，要给未来的孙子们也要攒上一笔人生的财富，一定要富过三代。他又实现了这个目标。距他任满还有一年多的时间，他想，虽然年纪大了，如果疏通关系，会不会再高升一步呢？

汛期到来，来势并不凶猛的河水将他主持修固的河堤冲溃，河水淹没了半个城市。被弹劾、削职、查抄、羁押的他除了身上的衣物已一无所有。一缕阳光从牢房的小窗照进来，照着他灰白的胡子。蓬头垢面的他贪婪地望着这缕光线，望着外面天空中飞翔的小鸟，明白了什么才是人生最宝贵的东西，于是又定下此生最宏大也是最艰难的目标：改变错误的人生，一定从禁锢中出去，在太阳下自由地行走！

◀ 四大才子

民国年间，慈惠街上出了个"四大才子"。

哦，初次听到的都误会成是四个才子，比如"江南四大才子"，由唐伯虎、祝枝山等四人组成。这里说的"四大才子"却是一个人。

"四大才子"姓张，家有万贯，富甲一方，但如果尊称他张大财主，他是不高兴的。如果谁喊一声"四大才子"，他连脖子后面都能漾出一层笑褶儿。

哪四种才艺呢？

剑、棋、书、画。据说尤以剑法最为出众，连胜数人后，气息依然平稳。

"四大才子"的四大才艺真的无人匹敌吗？

书和画，从来没个统一硬性评判的标准，大家交口称赞的，自是赢家。剑和棋，虽然可以一招决胜负，但来他府上的闲客多为混吃混喝而来，每天有上等茶点和丰盛酒席招待，谁会自绝下次的来路？再说论剑，他伤了别人无非是送些钱财，潦倒之人和他交手时还故意往剑上撞，意图获得丰厚补偿。但别人不小心蹭了他一层油皮儿，能赔得起吗？所以在他的圈子里，从来没人赢过他。

孤独求败！求一败而不得！"四大才子"在一次战胜所有对手后倚剑问天：世间之大，竟连一个能大战二十回合的对手都没有？

才子深陷没有对手的惆怅。

终于有一天，门外有人求见，说是来切磋剑法和棋艺的。

才子一听，鼻尖上立刻沁出细小汗珠，等来人进门，他立刻放松了。

是一位六旬老者和一个十五六岁的小女孩。二人其貌不扬，衣着简朴，老者走起路来，腿还一跛一跛的；本该是青春期的女孩，头发却还稀稀黄黄的，在脑后勉强梳成一根小辫儿。

才子看起来还是彬彬有礼，对老者拱手道："你想和我比什么？"

老者说："我本蓬蒿人，略通棋和剑。闻阁下大名，特地来讨教。"

才子问："这孩子是？"

"我孙女，也略懂剑法和棋艺。"

才子哈哈大笑："你们老的老小的小，你好像还有残疾，即使我大获全胜，说出去也不光彩。近期有人找来比剑，就为负伤要一笔……"

老者说："无妨，是我们自愿，如有误伤，并不要一文赔偿。"

才子问："那谁和我比棋，谁又和我比剑？"

老者说："您随便挑。"

好大的口气呀。才子感觉受了莫大的侮辱，但他也知道"来者不善，善者不来"，就说："既然你们承让，我也不好挑人，一个老，一个小，我挑谁都像欺负你们。不如抓阄吧，任凭天意。"

老者点头称是。

才子眼珠一转，对下人耳语几句，工夫不大，下人从后面端出来一个托盘，上放两个纸团，摆到小姑娘的面前。小姑娘拿起一个，打开，上面一个"棋"字。

才子说："结果有了，那个不用拆也是'剑'字了。"

老者微微一笑，说声好吧。

两盘棋过后，尽管才子都是思忖再三才落秤，还是都输了。今天这是怎么了，对面可是一个心智未全的黄毛小丫头啊。

不能轻敌，才子在第三局苦苦支撑，但仍处于劣势。这时老者咳嗽两声，小姑娘抬头看看爷爷，再落子就出现了失误。才子抓住这一良机，扭转乾坤，终于走成了平局。

老者说："您下棋累了，剑就不比了吧。"

说完，老者跛着脚就走。

输了棋的才子一定要从比剑上挽回面子，岂肯让他们走？忙伸手拦下："下棋是脑力劳动，我刚好再活动活动筋骨。"说着就从墙上抽出一把龙泉宝剑，寒光闪闪地朝老人奔来。

"嚓"的一下，老者也从背后拔出一柄三尺竹剑来。

两人在院子里站定，互相对望着。才子先声夺人，把剑舞得只见剑光不见人影，像一团飞速转动闪闪发光的车轮。老者呢，左手伸出两指护在胸前，右手背剑在后，双睛微眯，静若处子，如果没有面前的一团剑影，看他的神情还以为快睡着了。

老者眼睛稍稍闭了一下，瞬间，那团剑光中伸出一道闪电，直取老者咽喉。老者侧身一闪，同时背后的剑如出洞蛟龙，拦住这道闪电。闪电又变成一道霹雳，横扫老者的双足。老者跂脚一弹，旱地拔葱，竟像敏捷的猿猴从这团剑光上面飞过去，飞到才子身后，没有用剑，只是左手轻抒，迅疾一点，才子栽倒在地。

老者对才子深深拱手，连称得罪。

才子边擦脸上的土边问："谁派你来的？"

老者说："我们爷孙并非习武之人，只是在一家镖局做杂役，空闲时跟着镖师们学了些皮毛，路过此地听闻您四大才子的威名，就很好奇，人这一生啊，能做精做好一件事就不易了，做两件更是堪比登天，而您竟然四大才艺无敌手，所以特来请教一二。"

面红耳赤的才子要摆宴款待，老人却说还要赶路。

才子将一包银圆交给老人："路上做个盘缠，只是出门后不要声张今天的事。"

老者再次拱手："我不要，也不会说的。"

才子脸拉长了，说："你不收就是想说出去啊。"

无奈，老者只好接了这包封口费。

从此，才子绝口不提剑和棋。沉寂了好一段时间后，他才重新标榜自己"四大才子"的美誉，只是他的四大才艺变成了琴、诗、书、画。

◀ 喝洋茶

民国时期，新沟镇上最好的去处，就是湖江阁茶馆。

湖江阁内高档茶叶齐全，绿茶红茶白茶黑茶花茶品牌众多。茶馆老板刘大发颇有学识，能说会道。茶客点上一壶茶，爱说的，谈古论今相互抢话；爱听的，瞪眼鼓耳听一肚子稀奇轶闻，倒忘了喝茶。

老茶客潘长安喝口茶，开了口："你们说说，辛亥革命为什么是辛亥年的 10 月 10 日这天发生？"

"我知道我知道，"宋狗蛋抢着说，"孙文有个弟弟，叫孙武，是他组织了武昌起义，原本定在 10 月底的，可 10 月 9 日这天，他在汉口俄租界里制作炸弹时，突然意外爆炸，炸伤了自己。爆炸声引来了巡捕，抄走了革命者的花名册，按花名册首先抓捕了彭刘杨三个革命党，并在 10 日上午处决。孙武一看情况危急，只有紧急起义才能避免更大牺牲，就这样，10 日晚上，首义的第一枪打响。"

潘长安嘿嘿两声："你只说对了一半，没有起义领袖孙武的负伤，辛亥首义就不会是在10月10日，这是对的，但孙武不是孙文的弟弟，他是为利于发动群众才说自己是孙文的弟弟，其实他是咱这里柏泉的人！"

"是柏泉人？"

"对，没有柏泉人孙武，辛亥革命的历史就会重写。"

"咱这儿还出了这么大影响的人物呢。"

"怎么，你还小瞧了咱这里？皇帝还来过呢。"

"真的假的？"

"明朝开国皇帝朱元璋讨伐陈友谅之子陈理时驻兵汉阳，曾在潇湘湖畔勒马赋诗一首：马跃沙头苜蓿香，片云片雨渡潇湘，东风吹醒英雄梦，不是咸阳是洛阳。"

"潇湘湖就是吴家山北直通后湖的那一大片湖吧？真看不出来，咱这儿真来过皇帝。"

"咱这里怎么会差？就说新沟镇，汉涢交汇，船舶往来如梭，白天千人拱手，夜晚万盏灯明，一片繁荣啊。"

说说笑笑，一天的时光就要在茶香氤氲中消磨掉。

这时，来了两个穿洋装的青年，进门要喝洋茶。老板刘大发说："对不起，小店从没经营。"

洋装青年说："我们带的有，您给加工呢？"

刘大发说："好吧。"

洋装青年拿出一包豆子，交给刘大发，刘大发懵一下，还是接过去，到后面把豆子分放进两只茶碗，用滚水冲了，端到他们面前。青年面面相觑，然后大笑说："这咖啡豆是要磨成粉，再煮了喝的。"

潘长安忙打圆场："不知不怪，想咱中华的茶初到欧洲时，洋人还不是出尽了洋相，每次都是煮完后把茶汤倒掉，然后在茶叶上撒了佐料和盐吃呢。"

引得茶客们一顿大笑。

青年把茶馆环视了一圈说："看来想在新沟喝洋茶，还得我自己开个店子啊。"

好大的口气，为喝口洋茶，就要开店？

一个多月后，新沟镇汉江码头边真的开起了一家洋茶馆。

潘长安说："谁去啊？听说那洋茶是苦的，喝一肚子苦水，不是自讨苦吃吗？哪有咱中华茶香气四溢？"

没人去吗？自从洋茶馆开了业，湖江阁的客人一天天地少了。新沟人见面，不是问吃了吗，而是问，去喝洋茶了吗？

洋茶，难道不是传说中的那样苦？

宋狗蛋去见识了一下，回来和刘大发说："难怪他们都跑了去，有洋妞儿当招待，服侍客人喝洋茶，那洋妞，眼珠子是绿的，鼻子带钩的，短裙子遮不住的大腿雪白。店里还有一些画册，有风景的，有美女的，青年人眼睛都钉在上面动不了。"

刘大发说："靠这个做生意，长久不了。"

潘长安说："谁说不是呢，新鲜劲儿过去了，给钱也不会有人去。"

然而，一天天过去，洋茶馆没有关门，倒是湖江阁茶馆越来越冷清。到最后，连宋狗蛋也不来了，只剩下常客潘长安。

潘长安在路上拦下宋狗蛋："走，去喝茶。"

宋狗蛋一把拉住他："走，去喝洋茶！"

潘长安说："洋茶有什么好喝。"

宋狗蛋说："好喝好喝，我请客！"

傍晚，潘长安到湖江阁，详细地跟刘大发说了洋茶馆的事，店老板是洋装青年，店里摆有各种报纸，各种新版的洋书，看报纸读新版书成了喝洋茶之外的消遣。洋茶馆里也坐着一些新沟商号的老板，洋茶馆给商号都发了免费喝茶的请帖，老板们喝茶中相互会说一些时下的物品行情，谁家要收购什么，什么物资可能会紧俏，普通茶客听了，会去收购，再卖到商号，赚些中间小差价，商号也省去自己到处收购的麻烦；哪些商号新到了新货色，价格有什么优惠，也在喝茶过程中透露，认为合适的人听了，自然就到这家去买。宋狗蛋就是在这里听了信息，囤了一些白芝麻，没过两个月，果然小赚一笔。

哦，刘大发明白了，人家不仅是喝洋茶，还在交流市场信息。他不由赞叹，不愧是喝洋茶的年轻人，点子就是高！

潘长安说："那你怎么办？"

"我呀，我能怎么办？开不下去就关张呗。"

潘长安说："你也给各商号老板发请帖，请他们来免费喝茶谈生意啊。"

刘大发说："人家走在了前面，我再步后尘，还能行吗？这样呢，我请几个说书唱戏的艺人来，边喝茶边听曲儿边谈生意，你看如何？"

潘长安说："都听曲儿了，谁还开口谈生意啊？不好。"

刘大发想了半天，也没好招，一拍大腿说："我老朽了，把店交给年轻人折腾吧！"

刘大发儿子是在珞珈山上读过几年书的，他接手后，湖江阁摇身变成了一家写着洋码名字的洋餐馆，从汉口英租界请来蓝眼睛的洋厨，并给新沟镇上的每家商号都发了邀请函。人们一边惋惜着湖江阁的变身，一边说，吃洋餐不让用筷子，舞刀弄叉的谁去呀？

不想洋餐馆开业后生意火爆，洋茶馆一下没了生意，因为洋餐馆里吃饭打折扣，洋茶免费喝。"不用去租界，就能开洋荤！"人们在这里满足了极大的虚荣心。

看儿子经营得风生水起生意兴隆，刘大发总算长出了一口气，但也暗暗提了一口气：日渐萧条的洋茶馆会坐以待毙吗？肯定不会！新的竞争和挑战就要来了，会以什么方式到来呢？

◀ 豆盘包子

　　豆盘包子也叫绿豆包子，是湖北老汉阳县大集场的特产，说是乾隆下江南时品尝过的美食。是加了食盐、姜末、葱白、香油的绿豆馅，生包子上笼蒸熟后，置于案板上摊冷，尔后装进箩筐。等食客一到，放进油锅开炸，边炸边搅动，使其受热均匀，炸得中间稍稍凸起，通体金黄油亮，捞起开卖。在多年以前，这是上好的休闲开胃美食了。其实在吴家山下，早先有一家卖豆盘包子的，据上年纪的人一口涎水地说，听老人们讲呀，老吴的手艺是他老婆从大集场娘家带来的，后来他做的豆盘包子竟比大集的味道还好！后来怎么没有了呢？听得问。后来呀……还是从头说起。

　　老吴五更天起来发面，推开门，见门前地上黑乎乎地一堆东西，用脚一踢，吓了一跳：软绵绵的，是个人！老吴忙喊醒老婆，说，快，这有个人，咱俩把他抬走！

　　老婆也慌了，忙出来问，死的活的？抬哪去？

　　老吴说，死的吧，抬到没人的地方，别在咱家门前就行。

在大清朝，谁家的门前甚至田里死了无名的人，是要负责出资缮后的。两人使劲一抬，那人鼻腔里哼出一声。老婆惊叫道，还活着！

老吴说，不管那么多，先抬走。

老婆说，别，三九天的，那不真的冻死了？快，抬进屋去！

灯光下，才看清是个面色萎黄的年轻人。两床棉被盖在身上，一个时辰过去，人苏醒了。一碗热汤喂下，老吴问，你是？

那人说，我是赶考的举子，不想路遇歹人，劫去钱财，我又急又饿，走到您这儿，想在门口避下风寒，哪知不知不觉中冻得昏迷过去。救命之恩，永生难忘！

年轻人在店里将养了几天，然后又要进京赶考。老吴看他器宇不凡，就给了一笔盘缠，年轻人眼噙热泪千恩万谢地走了。

年轻人一走，就如泥牛进了汉江，再没音信。

十年过去，老吴渐渐忘了此事。一个近午时分，年轻人来了，一身锦衣，身后有随从，进门来口称恩公。

老吴有些昏花的眼还是认出了他，忙从屋里喊出老婆和儿子，说，这些年你们总数落我傻，看，人家还是来了吧？

年轻人当年考取功名，被拨调山西，后来张之洞来到湖广任职，他也一起跟过来。他从随从手里拿过一个布包，说，当年的盘缠我来双倍奉还。老吴坦然接过，这些年过去了，算上利息，双倍并没有多给。

年轻人问他，这些年可好？

老吴说，快混不下去了，我老了，有点干不动了，儿子没本钱，还总想干大的，就整天游手好闲。恕我冒昧，看您能给他个什么官差不？

年轻人问令郎可读过书？

老吴说，没有，从小疯跑惯了。

年轻人说，那就不好出去谋事，还是在家跟您学手艺做生意吧。

老吴见他这样说，脸就冷下来。

日近中午，年轻人让随从去附近的聚贤阁酒楼叫来一桌菜，请老吴小酌。三杯酒下肚，老吴红着脸再次说，能帮就帮一下吧，儿子不争气，您就费费心，不求一官半职，能糊口就行。看在当年我把你这条命暖过来的份上，就算你报答了我吧。

年轻人说，令郎不认字，恐难有大的发展，出去了还怕受气，真不如在家创业。来，恩公，我再敬您一杯，喝完这杯，我要尝您的豆盘包子，这些年不吃，真的有些想呢。

老吴没好气地说，下次吧，今天没有了。你也是个堂堂的六品官，还不能在衙门里插个闲人进去？

年轻人说，当官岂能徇私鬻爵？恩公就别逼我了。

尽管老吴脸色难看，年轻人还是坚持逢年过节来看望他，每次除了提几色糕点和一坛老酒，别无其他。这是个有良心的人吗？老吴偷偷地问自己，想必他也能看出生意的清淡，却不做帮衬。又撑了一年，生意实在不好，老吴忍痛决定，再干三天，用完剩余的食材，关门走人。

第三天中午，老吴耷拉着眼皮晒太阳，门前连只麻雀都没有。

不会有人来了吧？现在就收摊子，反正也没什么人。他刚起身，一队人马浩浩荡荡地由远而近，一乘十八抬的官轿停在了他的门前，他看到年轻人在队伍前面。轿落稳后，轿帘打开，一位童颜鹤发颔下长须的老者下了轿。年轻人对他喊，掌柜的，乾隆爷品尝过的豆盘包子伺候着！

老吴一愣，立刻清醒：好咧！赶紧去点上油锅。

来巡察修堤的张总督来吃老吴的豆盘包子了！十传百，百传万，原本门可罗雀的门前，现在要排半天的队，才能买上豆盘包子。老吴的豆盘包子一下美名远播，就连大集场的人也坐船来专门品尝。老吴暴发了，一下就过上了相当于现在提倡的小康生活。

又过几年，完成了原始积累的老吴跟着要赚大钱的儿子去了人口更密集的夏口开餐馆，吴家山唯一的豆盘包子店就没有了。老吴走前和邻居们依依惜别时，还不禁说，那人是个好官，他以他的方式报答了我！

第三辑

书痴

◀ 汉阳树

汉阳凤凰山下，春光明媚，万木葳蕤。难得空闲的生茂恭米店老板张行方，牵着儿子在显正街一处老庭园游玩，六岁的儿子突然指着一棵树说："好大树荫，刚好读书！"

这是一株银杏古树，树冠如盖，浓荫密匝，微风吹来，阵阵清香。是啊，在这树荫下读书，应是人生最惬意的事情。

儿子小小的年龄竟有如此慧根，张行方一阵欣喜："想在这树下读书？"

儿子点点头。

张行方说："好，一定让你在这里读书！"

这一座老态龙钟的大庭院里，楼台亭榭，假山水池，树木葱茏。张行方是了解这里的。元代，这里是安南国王陈益稷的"安南花园"，明万历年间是布政使萧丁泰的宅邸，到了清康熙年间，被都察院左都御史江蘩购得，命名为"江氏林园"。而江蘩的妹妹江兰，就是张行方几代前的老祖母。岁月变迁，几易其主，现在的这片庭园叫"宋氏花园"。

回家后，张行方和夫人商议："儿子看中了个读书的好地方，证明他是个读书的坯子，咱们一定要给他创造好的读书环境。"

"在哪里呀？"夫人问。

张行方说："就是咱米店对面巷子里的庭园，那里有棵四百年的银杏树，满院子的树荫，真是读书的好地方。"

夫人说："在店里读还不是一样，有那个钱咱都投在生意上，多生些利。"

"哎呀，你和孟母还是有区别呢，孟母三迁，终使儿子成材，咱们也一定要让儿子成材，像哥哥那样，做国家的栋梁之材。"

夫人听出来了，丈夫心中永远的遗憾在隐隐作痛。因儿时家境原因，家里只能供他哥哥张行简读书，而他早早地出来做生意，哥哥后来中了举人，再中进士，走上仕途。既然幼小的儿子能够看出银杏树下好读书，那今后必然能够成材。

张行方托人打问这家房主，是否出售房屋，人家说暂无此打算。

张行方又托人带话，说价钱好商量。

夫人说："哪有你这么买东西的？这是主动要让人家卖个高价呀。"

第二天，房主派中人带来话，可以卖，但价格报得确实有些高。

张行方说："太高了。"

来人以为他会讨价还价时，张行方却说："您回去跟东家说吧，我买了！"

夫人忙阻拦："太贵就不买嘛。"

张行方说："这不是米，今天不买明天还有，如果人家不卖了，或者卖了别人，那还真的没有了。"

买房契约刚签好，当着众人的面，张行方高兴到有些忘形地说："其实我买的是这棵树！"

他很快请人来设计图纸，打算拆掉旧房子，建成有几十间房子的两层楼房。

院子里来了几个人，拉着车，拿着锯，扛着斧头，径直朝银杏树走去。走到树下，为首的一个舒展下筋骨，抡了抡斧子。

张行方喝道："你们干什么？"

为首的一个说："奉原东家之命，特来砍树。"

说完，又虚张声势地举起了斧头。

张行方说："我买下了这里的一切，现在我是这里的主人。"

为首的说："是又怎样？你管不到这棵树的，你拿出房契看看，上面没有写到这棵树，就是没有卖给你。"

张行方怒气冲冲地说："树在庭院里，难道不一起归我吗？"

"我们还在庭院里呢，难道也都属于你？"

张行方急了："谁要砍树，先把我砍了！"

为首的一个说："你这是不讲道理呀，树没卖给你，为啥不让人家砍走呢？"

"那就卖给我吧，多少钱？"

"你真买也行，也省得我们砍了。那就纹银500两！"

看热闹的人说："张爷，你让他砍，不就是一棵快要枯了的树吗？他砍走一棵，您再栽一排，几年就绿树成荫了！"

那人一听这话，忙说："要不您少给点，400两也行。"

张行方说："去吧，到我柜上拿银子，这棵树我买了。"

众人惊呆了，张行方真的为这棵老树舍得花这么多钱。

为首的一个马上喜形于色，说："走，不砍了，去领银子！"

"张爷，您在这里呀？"这时，原房主来了。

张行方铁青着脸问："您来一起砍树的？"

"砍树？砍什么树？"

"怪我买房时疏忽了，少写了一笔，这棵树我再付钱买。"

"张爷，您说的哪里话，树在地基上，就一起送给您了，还买什么呀？"

张行方一指："那几个人，不是您派来的？"

"我根本就不认识呀。"原房主一脸无辜。

那几个砍树的人一看不对，忙溜走了。

原来，是中人把张行方因树买房的事当笑话说出去，他的一个朋友就打起了来敲诈一笔的主意，故意来装成砍树。

经过一年的建造，楼房终于建好了，张行方每天从米店回来，就陪儿子在树下读书，他还给书斋取名"银杏轩"，自己刻了一方印章："银杏轩主张行方。"闲暇时就给银杏树松土、施肥、浇水，听着银杏树下的琅琅书声，他有一种特别的满足感。

后来，有人看中了他这套宅院，要出两倍的价格购买，他一口拒绝。那人说："我看中的不是你的房子，是院中的树。"

张行方哈哈大笑："我何尝不是看中了树？房子到处都是，

而四百多年的古树，整个汉阳城内恐怕就这一棵！"

树下苦读的儿子长大后，成了一位清廉的盐务官，他也爱着这棵树，也有一枚印章，上刻"银杏轩主人张仁芬同嗣守"。

今天的长江岸畔，这株540多岁树龄的银杏树，依然枝繁叶茂，肩负起 "晴川历历汉阳树"的重任。

◀ 穿一只官靴回家
·················

　　光绪三十年，父亲去千里外做官，小文从邻居们的交头接耳里听到"三年清知府，十万雪花银"，说他父亲虽不是当知府，却是当一个比知府更能一口吃成大胖子的盐务官，本来就富庶的张家，这回更成巨富了。

　　父亲去很远的地方，一个叫淮北的地方，到那里的一个大盐场任职，过了一年，母亲去看望父亲。小文拉住母亲衣襟不让走，母亲说："回来给你买好多好吃的！"

　　院子里的大银杏树绿了黄，黄了绿，母亲终于回来了。小文没有看到邻居们口中的雪花银，反倒是母亲身上的簪子耳环戒指不见了，手腕上沉甸甸亮灿灿布满璎珞的金镯也不见了，那可是她的最爱呀！

　　小文疑惑地问："路上遇到强盗了？"

　　"你是问我的首饰吧？你父亲到任后，除了管理好盐务，还组织修路，建仓储粮，开设工厂，人们都称赞你父亲施政有方。

两年后，那里闹了大洪灾，很多逃难来的人饿肚子，你父亲立即抢险赈灾，安置流民。很多孩子和家人失散了，你父把全部俸银和从家里带去的千两银子都捐出去，在司衙旁设济婴所，收养了160多名灾童。为了让孩子们吃得好些，我把随身的所有首饰都捐了出去。"

"那父亲怎么没一起回来呢？"

"本来要调他到别处任职，当地百姓向官府恳求他留任，就又留下了。"

几年后，父亲终于回来了，除了随身行李，只多出来一块牌匾，父亲把它挂在厅堂正中。小文问母亲是什么字，母亲说是"粒我烝民"，意思是老百姓吃上了饱饭，很感谢父亲。

宣统元年，父亲又去安丰盐场当盐课司大使，那是淮南最大的盐场。

银杏树的叶子金黄了三次，父亲才回来。母亲清理着父亲的行囊，疑惑地问："这回你们真的遇到强盗了？"

"你怎么知道？"

"强盗还什么都抢啊？"

"走出安丰百里，路遇剪径，但强盗一听我是卸任的安丰盐课司大使，说久闻清官大名，马上让行，并无损失。"

"可你的官靴少了一只呀！"

"这呀，是我返乡的那天，百姓涌向街头为我送行，把路堵得水泄不通，还有人紧紧抱住我的大腿，声泪俱下竭力挽留。情急之下，行路心切的我只好脱下被抱住的那只官靴，百姓们立刻把那只靴高高地挂到门楼上，高喊："希望继任官员能以张大人为榜样，做到造福于民！"

小文问："您做了什么？"

父亲欣然一笑，说："都是些琐碎小事，没有一件能惊天动地。"

"说一说嘛。"小文央求着。

"我打击了欺行霸市的奸商，铲除了鱼肉百姓的黑恶势力，公正调解盐民纠纷，不贪一文不义之财。再就是一直关心盐民的疾苦，比如说每年的除夕，我会让人背一袋铜钱，看谁家没有炊烟就从窗口扔进一些。有一次他们用力大了点儿，铜钱打破了人家的铁锅，害的我大年初一买了新铁锅去赔给人家！"

母亲在一旁笑个不停。

父亲问："这么可笑吗？"

"我还在想，万目之下，一只着靴一只光脚的父母官走路的样子……"

父亲也笑起来，笑完又神情庄重地说："淳朴的百姓是善良的，其实他们的要求非常低，为官一任，只要能脚踏实地办实事，解决群众困难，不瞎折腾，他们安居乐业了，就认定你是好官。但愿我走后，那里的人们能够继续安享太平。"

"邻居们都小声嘀咕说你傻呢，说本可以肥得流油的盐务官，你非要清正廉洁，不但不捞钱，还捐出俸银救济百姓。一个小小的芝麻粒儿官，做得再好，离了任谁还会记得你？"

"为官一任，为百姓做些实事，对得起肩负的一份使命，我从未想过让谁记住我。"

母亲赞许地点点头，小文好像也都听懂了父亲的话。

"好了，无官一身轻，接下来，我就在家享受天伦之乐，一门心思读书教子，含饴弄孙，好好经营咱家的米店吧，咱生茂恭米店也算得上是老字号了。"

清正廉洁的芝麻小官会被历史忘记吗？

时光流逝，百年后的今天，当他的曾孙们来到江苏省东台市安丰镇，惊讶地发现，街巷里依然传颂着他公正办案的故事，纪念馆里敬奉着他的绣像和蜡像，他挂靴还乡的 "四圈门"成了地方保护文物，市委党校把他和曾造福此地的宋代范仲淹等人一起奉为本地廉洁奉公的楷模，他清廉勤政的形象搬上了戏曲舞台！

他叫张仁芬，字季郁，湖北汉阳丰乐里人，现在的武汉市东西湖区柏泉街。

◀ 1931年的大水来袭

"四爷，不好了，府河溃堤，咱老家又发洪水了！"

位于汉阳显正街的生茂恭米店内，管家张成焦急地向老板张仁芬汇报着。

张仁芬叹口气："洪水一来，怕是又有人家吃不上饭了，你还是和往年闹灾荒一样，装一船米给乡亲们送去。"

老家柏泉镇离汉阳城六十里，第二天天还没亮，张成把满满一船米拖走了，晚上却接了满满一船人回来。

张成说："四爷，这次洪水太大了，把田淹了不说，还淹没了低洼地段的房子，柏泉成了一片汪洋，山包上躲满了人，这些族人没地方去，非跟着我进城来讨生活。"

张仁芬忙走出银杏轩书房，到院子里来看望大家，望着大银杏树下黑压压的几十号人，虽然说是一个家族的，有些面孔看上去还是陌生得很，一是族大人多，二是张仁芬生在汉阳长在汉阳，老家回去得少。

虽然陌生，辈分是清楚的，这些人对他作揖点头，有的叫四哥，有的叫四叔，还有叫四爷的。张仁芬在本家叔伯兄弟间排行老四。

张仁芬招呼着大家："大伙儿在最困难的时候能来投奔我，就是瞧得起我，都住下来吧。"

张仁芬的宅院叫银杏轩，上下两层有三十几间房，院中有一棵几百年的大银杏树。张仁芬叫过张成说："来的族亲里，有一技之长的，就让他们自己去找事做，没有手艺也找不到事做的，就暂且在咱店里帮忙吧！"

银杏轩的幽静安谧一下被打破了，深更半夜还有孩子在哭闹，天刚麻麻亮又有人起来走动、说话、咳嗽、吐痰。清静惯了的张仁芬几乎一夜没睡着。第二天照样如此。

张仁芬也是60多岁的人了，身体有些吃不消。张成看在眼里，就说："咱也帮了他们好几天了，还是让大家去别处另讨生活吧。"

张仁芬咳嗽一声，摆摆手说："人生地不熟的，让他们去哪里讨生活？又到哪里去找住处？即使找到了房子，他们还要付租金的呀！"

"可这么多人在这儿，太影响您休息呀！"

"暂且忍耐一下，洪水退去，他们不就回去了吗？"

过了两天，又有几家族亲从家乡逃出来，找到米店来了。张仁芬二话没说，也把他们安置在银杏轩。

银杏轩的房子实在住不下了，最后来的一家见没自己的立锥之地，就担起担子，一头是一口铁锅和铺盖，另一头筐里是个两岁的孩子。

张仁芬拦住他们："你们打算去哪里？"

那人茫然地摇摇头。

"你会干什么？"

那人说："我除了种田什么也不会。"

张仁芬说："那就别走了，住下来吧。"

那人说："可都住满了呀。"

"来"，张仁芬打开他卧室的门，"就住我这里吧。"

"那您呢？"

"我去别处住。"

"那……那谢谢您了！"

"不用谢，都是一爷之孙，应该的。"

张仁芬到德租界里租了一套房子，全家人搬走了。

后来，柏泉一个姓周的人也找了来。他哥哥在汉阳做小生意，他投奔了去，只住了一天，他嫂子就说家里地方太小，让他另谋出路。他实在走投无路，听说湾里姓张的聚在这里，就硬着头皮投奔来。

张仁芬说："不管姓张还是姓周，大家都是乡亲。既然投奔过来，也和我姓张的族亲一样对待，这里实在住不下了，我把西大街的铺面腾出来，你们去那里住，先到我店里扛100斤米来吃。"那人一下就哭了，跪在地上给张仁芬磕响头。张仁芬赶紧拦住，说："乡里乡亲的，你们有了难处，我必须这样做。"

到了冬天，有人回柏泉看了回来说，洪水虽然退去了，但房子都塌了，田里满是淤泥，还不如就在这里挣点小钱养家稳当。让他这一说，三十几家人都没了回去的打算。自从他们住进来后，张仁芬很少过来，即使过来，也只是在院子里的银杏树下站一站，看一看，问一问大家有什么困难。

转过年来，张仁芬的金融投资失败了，他变卖了土地和一些房产，资金上还有很大的亏空。张成说："那个刀疤脸又领着人来讨账了。"

张仁芬思忖了半天说："要不咱把米店兑出去还债？"

张成说："万万不可，米店凝聚了您家两代人的心血，卖了米店，没了收入，更是雪上加霜。要不，您把银杏轩那套庭院卖掉，就能宽裕不少呢。"

张仁芬说："你说得很对，可眼下咱的族亲们住着，卖了房子，他们怎么办？"

"您自己面前这道坎儿都迈不过去，还要顾及别人吗？"

"是我一家人重要，还是30多户人家重要？不能卖那房子，一定要让他们有个落脚的地方。"

没过两年，张仁芬在郁闷中溘然离世。他的子孙们日子过得再窘迫，也遵嘱没有来收各家的房子。慢慢地，各家各户就理所当然把自己当成这里的主人。

20世纪80年代末，当地政府发现院子里的大银杏树是棵500年的古树，就拆除周围房屋来保护它。这批逃水荒出来的后人，都被重新安置，每家每户分到了新房。

挨家挨户登记时，工作人员提及"张仁芬"这个名字，很多就要分新房的人家却茫然得一头雾水，只有一位白髯长者的室内供奉着一张画像，上写"乡贤张仁芬"。

◀ 朱夫子

村里最有学问的当是朱夫子，自幼饱读诗书满腹经纶，平时不管谈论什么事情，都能引经据典，开口古语说，闭口圣人云。村里人都说，如果还有科举，朱夫子定能连中三元。

朱夫人十月怀胎，除夕夜分娩，生下一对双胞胎儿子。

两个孩子相隔一个多时辰来到世间，一个生在大年三十的亥时，另一个生在了新年正月初一子时。

谁大谁小？

朱夫子让后出生的当哥哥。

村人奇怪："哥哥怎能比弟弟小一岁呢？"

朱夫子说："晚生一个时辰恰巧到了下一年，哥哥小一岁也理所当然。"

"后生的是弟弟嘛，怎么能是哥哥呢？"

朱夫子解释道："虽是同胞兄弟，坐胎还是有先后，先坐胎的当然是哥哥，他在里面，故后出来；后进娘胎的在外面，故先生出来。"

村人哈哈大笑。

朱夫子摇晃着头一本正经："宋人洪迈所著的《容斋随笔》里《双生子》说得很清楚，'其双生也，史家据见立先生，文家据本意立后生'。并且商周时期就有这种认识了，我本文家弟子，怎能不按先贤所言排序长幼呢？"

人们眨巴着眼睛面面相觑。既然有出处，肯定是不会错的。

双胞胎兄弟渐渐长大，"弟弟"却不甘愿当弟弟："别人家双胞胎都是先出生的是哥哥，再说我都大他一岁了，怎么能是弟弟？"

奈何，在夫子面前是没法讲理的，慢慢地就形成了叛逆性格，顽皮不羁，不爱读书，更不爱听夫子唠叨，总能为丁点儿小事和夫子杠上一番。气得夫子点着他背影："朽木不可雕也，粪土之墙不可圬也。"

邻里听不懂："您说的是？"

夫子气呼呼地补上一句："孺子不可教也！"

后来，邻里在教孩子时也乐于装成有学问的样子，半土半文地训斥："你不听老子的话，就是朽木，你跟老子耍脸子，就是不可教也的粪土之墙！"

这个"不可教也"的"弟弟"刚长成和夫子一样高，突然远走，再无音信。

夫子很是不安，怕他在外面不学好。

过了几年，淞沪会战结束后，国民政府突然送来了勋章和嘉奖状，告知已经是少尉军官的"弟弟"在与日寇激战中英勇牺牲。

朱夫人哭得昏厥过去，要夫子去上海把儿子的尸骨找回来。

夫子倒长长地吁出一口气："总算没有辱没门庭，青山处处埋忠骨，何须马革裹尸还！"

几天后，一队穿灰布军装纪律严明的抗日武装经过村头，夫子让"哥哥"跟上队伍走了。

村人惊叹："你真舍得再把这个儿子送去战场？"

夫子慷慨激昂地说："捐躯赴国难，视死忽如归，男儿自以身许国！"

在朱夫子送子参军的影响下，更多青壮年投身抗日洪流，村里除了老人妇女，就是未成年的孩子。

夫子思索了一天一夜后，决定开办义学，教村里孩子认字读书。

夫子说："兵荒马乱总会过去，孩子们是国家社稷崛起的希望，不能荒废，莫等闲，白了少年头！"

白天孩子们要帮家里干农活，晚上夫子就在祠堂内点燃几盏油灯授课，他希望孩子们回家后继续自习读书。买来煤油和书籍、纸笔一起分给每个孩子。

夫人问："直接给钱不行吗？"

夫子坚决地摇头："不行！给了钱，贫困人家会挪作他用，不舍得买灯油。"

夜里，他挑着油桶，深一脚浅一脚地沿街走，对着有灯光的窗户喊："三更灯火五更鸡，正是男儿读书时，加油，加油咧！"

叫开门，再额外给灯里加煤油。

村人称赞："您这奖励的法子好！"

朱夫子嘿嘿一笑："我这是效仿来的，湖广总督张之洞的父亲张瑛老大人厚爱学子，深知很多穷家子弟晚上舍不得点灯耗油，故此每到深夜，他都会派人挑着桐油篓巡城，见谁在挑灯夜读，便给他添两勺灯油，以示鼓励。"

"哦。"村人都恍然大悟，原来"加油"是这么来的呀！

夫子的义学越办越红火，邻村的一些孩子也要来。夫子说："只要是家里有人去扛枪打鬼子的，都可以来！"

一下，夫子的学生又增加了许多。

时间一长，给众多学生买书和"加油"成了大开销，夫子花光了家中的积蓄。他准备卖掉五亩良田，去汉口直接购一批煤油和纸笔回来。

村人说："你真舍得。"

"卖却屋边三亩地，添成窗下一床书，但愿孩子们都读书成才，报效国家。"

村人问："祖业田产不留给后人？"

夫子嘿嘿一笑："子孙若如我，留钱做什么，贤而多财，则损其志；子孙不如我，留钱做什么，愚而多财，益增其过。"

村人问："这至理名言又出自哪里？"

"这是虎门销烟的林则徐林大人说的，字字珠玑呀！"

朱夫子卖田助学的消息传出去，远近的富户争相出高价竞买。

卖田的钱拿回家，夜里来了蟊贼，翻箱倒柜之际，被夫子发现反锁屋内后大声呼喊，闻讯赶来的村人将蟊贼擒住，一看，是邻村的一个无赖。

夫子分开众人，气呼呼地朝他鼻子、眼眶、太阳穴连击三拳。

蟊贼的鼻孔淌出血："你是斯文人，君子动口不动手嘛！"

夫子狰狞着脸大骂："你个浑蛋，偷走买灯油纸笔的钱，就是偷走了孩子们的未来，偷走了我们民族的希望，他们学习不好，你会毁掉一批国家的栋梁啊！天杀的，老子打你是轻的，不弄死你，就已经便宜了你的狗命！"

村人都惊住，原来急了眼，夫子也动粗。

事后有人问："您从没跟人打过架，不过那三拳好像很有章法。"

夫子儒雅地笑笑，一板一眼地说："《水浒传》里面有一段'鲁提辖拳打镇关西'，是我那三拳的祖师爷。"

嘿，朱夫子的一言一行真是都能引经据典！

◀ 洪山菜薹

0、洪山菜薹又名紫菘，是紫菜薹中的珍稀品种，有1700多年的栽种历史，因产于武昌洪山而得名，曾作为贡品被封"金殿玉菜"。世传最正宗的洪山菜薹在洪山宝通寺内宝通塔下，宝通塔44米多高，塔影范围内种植的才是正宗洪山菜薹。因种植面积过小需求过大，后延伸为能听到宝通寺钟声的地方生长的红菜薹均为洪山菜薹。

1、宝通寺内，住持对众沙弥说："鬼子进了武昌城，他们凶暴残忍，无恶不作，你们几个年少的，还是各自散去吧。"

悟植说："师傅不走，我也不走。"

"不要说傻话。你快走吧。你们都年轻，能够为国家出力的，就舍出命去，佛祖会保佑你们。悟植，你家离此不远吧？"

悟植说："在柏泉，景德寺附近。"

师傅说："你走吧，我还有重任交给你。洪山菜薹是咱宝通禅寺的一宝，你是知道的。如果佛像和宝殿毁于炮火还可以重塑重修，但洪山菜薹遭灭顶之灾，那就绝无存世。为了保全洪山菜薹，你带十株菜薹下山。"

悟植说："师傅，我要跟你在一起，我是出家人，已无家可归。"

"听话，这兵荒马乱的，你父母肯定也无时无刻不牵挂你。保住洪山菜薹更是关键，带回家去，找合适的地方栽种，万一宝通寺的菜薹有什么变故，就全靠你带走的了。"

悟植点点头，说："景德寺旁有上好的古井水，那里也僻静，每天听着寺庙的钟声，菜薹一定会长得很好。"

师傅点点头："那我就放心了。你明天一早就走，切记，切记。"

2、张小乙在离景德寺不远的地里栽种下十株菜薹。

张小乙从柏泉古井里提水浇灌菜薹，没几天，菜薹就缓过苗来，鲜灵灵地根根向上。张小乙仿佛看到了师傅欣慰的笑容。"我种出来的菜薹绝不能比宝通寺里的差！"

师傅怎么样了？宝通寺怎么样了？小乙听着景德寺传来的梵音，不觉想进去给佛祖烧炷香。

小乙一身檀香地从庙里出来，迎面一头水牛踢踏踢踏地向前走，嘴巴一张一翕地咀嚼着，绿色的汁液从嘴角淌下。他三步两步来到菜地，地里空空的。

畜生，你个馋嘴的畜生！小乙追上去用拳头捶着厚厚的牛皮，眼泪哗哗地流。

3、悟植叩开紧闭的山门，进了宝通寺，双手合十，跪在师傅面前。师傅说："你怎么回来了？"悟植结结巴巴地说："我……顺便路过，来看看师傅。"

师傅问："你带回去的洪山菜薹怎样了？"

悟植说："长得……长得还好，只是……"

师傅打断他："好就好。兵荒马乱的少在外面跑。你休息一晚，明天一早回去，你再带十株菜薹回去种吧。"

悟植高兴地点着头。

4、张小乙把十株菜薹种进地里，周围用细木棍圈起一人多高的篱笆，密密地。他怕再有畜生闯入，菜薹的四周密密地种上了小白菜，把菜薹紧紧地包围在里面。

一天天过去，菜薹长大了，挺出长长的紫红的薹杆，开出串串鹅黄的花，如蝶飞舞。

小乙想，这次我总算对得住师傅的嘱托了。

一队鬼子兵从这里经过，带队的翻译官发现了小乙和他的菜园。翻译官作兴奋状，大呼小叫地进入小乙的菜园。日本兵们也跟了过来。翻译官看了菜薹，朝一个日本官连说带比，做馋相。日本官一挥手，翻译官就连根拔起一株菜薹。

"不准动我的菜！"小乙喊。两个日本兵用上了刺刀的枪拦住他。

小乙眼睁睁地看着翻译官把菜薹全部拔走了。

"畜生，一群畜生！"等日本人和翻译官走远些，小乙瞪圆双眼，朝他们的背影骂。

5、宝通寺前，悟植喊了半天，才出来个老和尚把山门开出一条缝。问："你找谁呀？"

"我是悟植。"

老和尚打量半天储起了头发的悟植，才说："进来吧。"

"师傅呢？"

"师傅被日本人给气病了，住在山下医院里。前几天有一队日本人进到庙里砸碎功德箱，拿刺刀刮佛祖金面，还提来腊肉拔了菜薹让斋堂给他们炒。这还不算，日本人看中了咱的寺庙，要在这里设司令部。"

悟植说："我去看师傅。"

老和尚说："不用去，你没事快点回家吧，怕是日本人会再来呢。"

悟植说："我带回去的菜薹被日本人给连根拔走了，我再弄几株回去种。"

老和尚跟他一起走到菜园，里面的菜薹好像被猪狗等拱过的，一片狼藉。老和尚说："看你还能挑几株不？多拿些，免得在这里让日本人都给糟蹋了。"

6、张小乙重新找了一片偏僻的地方，把 10 多株洪山菜薹栽下去。虽然离景德寺远些，但能听到庙里传来的钟声，小乙依旧去柏泉古井去挑水来浇灌菜薹。望着渐渐粗壮的菜薹，他想，这次一定要保护好，再不能有什么闪失。

咚！咚！日本人开炮了，轰！轰！景德寺的大殿塌了。

轰！一发炮弹过来，在小乙跟前爆炸。小乙一下被气浪掀倒。他爬起来，菜地成了半人深的大坑。

"狗日的，你们不得好死！"小乙朝炮弹飞来的方向咬牙切齿地骂。

7、悟植想，再去一趟宝通寺，宝通寺的菜薹还会有吧？太对不起师傅的托付了。路上，看到一个和尚倒在路边，腿上淌着血。悟植搀起他说："我送你回景德寺。"和尚摇摇头："庙已毁了。"悟植说："那你？"和尚说："先打跑鬼子，再回来侍奉佛祖！"

悟植说："若不是去种师傅交代的洪山菜薹，我也会跟你一起去。"

和尚说："有国才有家，才有佛法庄严，才保住生灵万物。国若破了，还有什么能够保住？"

"嗯，那我跟你一起去打鬼子，天下太平了再一起回来！"

8、团长收下几个要当兵的人，问其中一个青涩的毛头："你多大了？"

"十五，不，十七。"

"你叫什么名字？哪里人？"

"悟植。"

"叫什么？"团长侧起耳朵。

　　毛头摸摸头上已是乌黑茂密的头发，调皮地做个鬼脸，大声地说："张小乙，柏泉人！"

◀ 书　痴

民国二十七年初秋，村里出了两件事，也有人说是一件事：冯财主的女儿，村里唯一的女大学生失踪了；张文卿去七十多里外的汉口买书，去了再没回来。

张文卿家穷却四壁有书，都是祖传的古籍。因为这些书，文卿备受尊重，因为这些书，也饱受诟病。张文卿爱书惜书，每次翻书必先净手，有慕名前来想从他这里借书的，一律遭到拒绝，说是祖训不让外借。不过这年夏天，还是开了先例。

"文卿哥在家吗？"甜美的声音把张文卿从阅读中惊醒，隔窗一看，是个二十岁年纪的女洋学生，张文卿忙迎出去。

"不认识我了？我是冯雅芸啊！"

是村东冯财主的千金。真是女大十八变，城里读了几年书，越发变得像城里人了。

"我来查阅些资料，知道您爱惜，您翻我看，可以吗？"

话说到这份上，还怎么拒绝呢。

"请进吧！"张文卿把冯雅芸让进了屋。查阅完所需内容，冯雅芸和张文卿闲聊了起来，就她们共同读过的一些经典名著交流看法。张文卿一直是孤独的，村里识字的人不多，更谈不上能和他交流的了。两人相谈甚欢，天渐渐黑了，如果不是文卿妻子莲花一连串的咳嗽，还不知会聊到什么时候。文卿意犹未尽，竟破天荒地一指书橱："你想看什么书，拿吧！"

"我明天再来！"冯雅芸不破他概不外借的规矩。

接下来的一个多月，冯雅芸像只美丽的蝴蝶，每天从东街飘到西街，飘成人们眼中的一道风景，成了文卿家的常客，文卿给她讲解古籍难点，雅芸则讲一些他从来没听过的新思想新观点，文卿眼前仿佛豁然开朗，问："怎样读到这些新思想？"雅芸写了书名，文卿迫不及待地问："哪里有这书？"雅芸说："汉口有卖的。"

"好，我去买！"

文卿准备去汉口，莲花说："咱这一屋子书，怕你没读全一遍呢，再为买两本书下趟汉口？值吗？"文卿说："你不管。"莲花气呼呼地说："我不管，你让人拐跑了也不管。"

不想出了门，就真的再没回来。

莲花正六神无主的时候，冯财主找上门来，说是女儿不见了。莲花说："你女儿丢了，关我家何事？"冯财主说："都说是文卿给拐走了，就来和你家要人！"莲花说："那我家的人丢了，跟谁去要？"冯财主说："找不来我女儿，就搬你家的书！"莲花双掌一合，拍个脆响说："原来这是设下的美人计要骗我家的书啊，丧良心的，你说，把我当家的弄哪里去了？没了当家的，我们孤儿寡母可怎么过啊！"

莲花一顿号啕大哭，吓退了冯财主。

是文卿和雅芸私奔远走，还是冯财主父女设计害命谋书？冯财主也爱书啊，有一年想用十亩水田换张文卿一本明代雕版印刷的《道德经》，没有换成的。村里一时众说纷纭。

过了两个月，冯财主又上门，没了上一次的戾气，小声说："日本人在蔡甸建了炮楼，我担心这些书不被日本人抢走，就会毁于炮火，我想把这些书藏起来，藏在我果园的地窖里。"

莲花不理他。冯财主说："我真的是为这些书着想，如果有占为己有的想法，让我天打五雷轰！"莲花见他说得恳切，就说："不管你女儿是不是我当家的拐走了，跟这些书也无关！"

"无关！这些书永远是你们的，当务之急是要保护好它们！你们母子也都住到果园，和书住到一起！"

莲花想了一晚，答应了。冯财主用了三个夜晚，才将书搬完。第四天夜里，莲花家的几间房子起了熊熊大火。

抗战胜利后，冯家小姐天下掉下来似的，一身戎装回来了。莲花问："你自己回的？我家文卿呢？"

冯雅芸说："我怎么知道？我是突然接到地下组织命令走的，他也是组织上的人？"

莲花的身体一下矮下去很多，喃喃地说："他可去了哪里？他怎么舍得了这些书呢？"

有人来找张文卿的家。莲花奔出去，见来人拿着一个熟悉的土布袋子，是文卿出门必背的。莲花一把夺过来，问："他在哪里？"

原来，张文卿步行去汉口买完书，回来的途中在长江边救起两个溺水的孩子，自己却没能上来。来人跪在莲花面前说："他没来得及脱长衫就下水了，还回头喊，看好我的包别打湿，里面有书！"凭着布袋子上"张湾文卿"的字迹，几乎访遍了方圆百里内叫张湾或张家湾的村庄，才找到这里。

莲花打开布袋子，里面有两本书，一本是《资本论》，一本是《共产党宣言》。冯雅芸哽咽起来："是我害了他，我推荐看新书，他才跑去买的。"

莲花倒冷静了，把飘到眼前的一绺头发用手指拨到耳后，劝起雅芸来："不怪你，谁让他那么爱书呢，谁让他是个好人呢。"又低头对着布袋子喃喃地说："放心吧，你那些书都保存得好好的，不少一页！"

◀ 朋友是票友

民国年间，在我们这一带，筱梅芳算是名人。

筱梅芳有四十岁了吧，面白无肉无须，爱唱《贵妃醉酒》，传说神似一位名角。不过这里离着京城有两千多里，谁也没亲眼见过亲耳听过名角的戏，那这所谓的神似，无非是人们的臆想，或者直接是本人臆想传播出去的。小地方有小地方的好处，大家都说好的，那肯定就是好了。

涂大材愿意结交人，尤其愿意结交名人，有学问的朱夫子被说成是他朋友，画画儿的张刷子被说成是他朋友，自打和筱梅芳见过两面，也会在人前说，唱戏的筱梅芳是我朋友！

不知道筱梅芳的职业是什么，只知道他跟几个兴趣相投的人每半月聚到汉江边一次，在一段宽阔地咿咿呀呀地唱半天。涂大材就是顺着空中百灵鸟般盘转的戏文找去，结识了他们。以后每次聚会，涂大材都兴冲冲地跑去，跟着忙前忙后。涂大材既不会唱也不会演，更不想学，说不为别的，就图听筱梅芳的一句"海岛冰轮初转腾"！

过了霜降，天就冷了，江风把脸吹得发青。涂大材见衣服单薄的人有些瑟缩，就说，大家到我鱼馆唱吧，上午也没生意。

涂大材是"涂家鮰鱼馆"的老板，大家就去了。

涂大材让管事的小崔泡来一壶白茶，茶香氤氲中，暖意融融中，大伙儿很是惬意地唱到了中午。涂大材把大家留下来，安排到最好的包间，提来老酒，上了红烧鳜鱼、沔阳三蒸、珍珠圆子等硬菜，最后上了一大盆鮰鱼汤，这里的招牌菜。筱梅芳舀了一勺浓稠的白汤，轻轻吹了，含在口里，再缓缓咽下去，感觉口、舌、喉咙都融化在汤的鲜美里。

转眼就到了票友们的第二次聚会，大家来鱼馆又唱了一上午，正迟疑着走不走，涂大材豪爽地再次把大家推进了包间。鮰鱼汤上桌时，筱梅芳建议："咱们改成十天一聚怎样？"

下一次，大家再唱完，没看见涂大材的身影，筱梅芳还是带领着大家走进了包间，随后招呼小崔："可以上菜了！"

"那您点菜吧！"

"就按每次涂老板招待我们的吧，鮰鱼汤一定要有！"

吃饱喝足，一行人就散了。

等涂大材回来，小崔说："那帮唱戏的吃完没付钱就走了。"

涂大材说："算我请客吧，也不是每天来。"

每次来，票友们在包间里边吃边说边笑，外面小崔急得直搓手。鱼馆的生意好，客人多的安排不下，有的一张桌子已经招待了两拨客人，而包间里这帮白吃的爷们，还叽叽嘎嘎地没完没了。

小崔实在忍不住了，就跟涂大材说："咱做的是生意，这白吃白喝的到什么时候是个头啊？"

涂大材微微叹口气："我总不能拉下脸来把人赶走吧？"

小崔说："既然是当朋友来的，也得为您着想啊，可……"

涂大材摆摆手："慢慢来吧。"

小崔说："请神容易送神难，我看您怎么送神吧！"

下次再来，票友们唱完了照例要去包间。涂大材满脸堆笑地说："这些天我店里的生意兴隆，全仰仗各位的捧场，很多客人就为白听戏才来这里就餐。所以，我想请大家就在大厅落座，边吃边唱上几段，让各位食客多些雅兴。我呢，也给各位一点辛苦费。"

好啊好啊。大家在靠大厅北墙的一张桌子前坐下，边吃，边一人一段地唱起来。

完事，涂大材给每人发了两块银元。两块银元可以买10斤猪肉了，大家很高兴。

筱梅芳提议："从十天一聚改成五天一聚！"

大家拍手称好。

如此唱了三次，这天唱完，是小崔提着钱袋子过来叮叮当当地给大伙儿发钱。

筱梅芳说："搞错了吧？喊你老板来！"

小崔说："老板有事去了，走时吩咐我每人发两个的。"

"发两个不错，是银元，不是铜板呀。"

"我一跑堂的，手上只有铜板。"

"一个铜板只买两份报纸，你是在打发叫花子吗？"

筱梅芳把铜板往桌上一扔。众人也跟着把铜板叮叮当当地丢在桌子上。

大家腆着肚子，气呼呼地出了鱼馆。

有人嗔怪着这个没数的伙计。筱梅芳说："不管怪谁，这是他涂大材的店，也不必和涂大材说什么，咱今后不来唱了，想来白听戏的客人一少，鱼馆的生意就差，涂大材就自然明白错在哪里，到时候会像请祖宗牌位似的恭请咱们回来。"

票友们纷纷赞同。

时间一天天过去，涂大材让大家失望了，既没来道歉，也没来邀请。大家再聚，只有去江边。寒冬的江风料峭，没唱几句，大家都没了兴致，各自回家。

原来涂大材是个粗心的人呢，这么长时间他竟然没有意识到什么，该给他提个醒呢。

于是，下次聚会结束后，大家就很有声势地从正午的涂家鮰鱼馆前经过。

挂着"涂家鮰鱼汤"金字招牌门前，一拨一拨的客人像鱼一样向里面游动，涂大材在门前朗声招呼着进店的每一个人。

筱梅芳提了提嗓子，边走边唱："海岛冰轮初转腾，见玉兔，玉兔又早东升……"

高亢柔美的戏文像飞出去的一只大鸟，扑打着翅膀在空中盘旋回绕，这可是涂大材最喜欢听的那两句啊。

那一刻，大家都看到涂大材呆住了，像今人常说的被按了暂停键。但只片刻，涂大材就回过神来，却目不斜视地跟在一批客人后面进了店。

筱梅芳望着涂大材的背影，舌尖上泛起鲴鱼汤的味道，腿不由自主地往前迈了一步。他一拍那条不争气的腿，同时听见身后一声叹息："能有鲴鱼汤喝就行了，可偏谈什么钱啊！"

"谁谈钱了，是涂大材非要给钱的！"

是啊，本来好好的，为啥偏要给钱呢？

第四辑

画痴

◀ 画　痴

钱先生贫困，宋乡绅富奢，二人家境差距极大，却是画友。

宋乡绅隔三岔五请钱先生来家小酌；钱先生呢，叫吃就吃，叫喝就喝，抡起筷子冷着脸，绝不寒暄，吃罢饭抹嘴便走，也绝无回请。每次饭前，二人都会站到画案前，钱先生抱着双臂看宋乡绅写字作画，嘴却不闲，批评挖苦不绝于耳，直到上桌的酒菜把嘴占住。被刻薄奚落了一顿的宋乡绅却如沐春风，笑吟吟地连连点头。过不了几天，又会请来钱先生，依然好酒好菜伺候着，只为两耳灌满批评和奚落。为何宋乡绅乐此不疲？在宋乡绅眼中，不止在苗湖，就是方圆几十里，除了钱先生，再找不到能在书画上这么谈得来的人，特别是能一下点中宋乡绅运笔痛处的人。

一次，二人月下对饮，酒到酣处，宋乡绅说，我的字、画总不长进，皆是因为无古人真迹可摹。钱先生点点头，众目所及都是有形无神的假画赝品，临摹多了，反而害处不浅。宋乡绅说，我独爱董其昌字画，天下都知董其昌的字画被康熙乾隆二帝尽数搜罗入宫，民间哪还得见真品？

钱先生端起一杯老酒，慢悠悠地一笑说，千层网过，也有漏网之鱼。宋乡绅品出了其中意味，忙施礼道，难怪兄台画风古朴飘逸传神，似得董氏技法，恳请兄台家藏真迹让我一饱眼福！钱先生说，我家徒四壁，隔夜米粮都没有，哪里还有古人字画，我只是这样说说。

自此，月黑风高时分，宋乡绅灯笼都不提，就去钱先生家转上一圈。到了门前，并不进去，只是悄无声息地朝里偷窥。功夫不负有心人，一天晚上，宋乡绅黑夜中的眼睛瞪圆了：油灯摇曳出的昏黄中，墙上挂着一幅山水画卷，钱先生正站在画前，细细品味揣摩。宋乡绅窥了半天，终于忍不住去叩门，里面惊慌地问，谁呀？宋乡绅忙说，兄台，是我。

好一会儿，门才开了，钱先生拦在门口：深夜何事？

宋乡绅说，从此路过，见你没睡，就叩门叨扰，不请我进去喝杯茶？

钱先生才极不情愿地让他进去。

墙上，已没有了字画。案上，却有墨迹未干的画卷。宋乡绅细细看了，那山，那水，那一叶小舟，那几株松柏，皆丰神独绝，如清风吹拂，微云卷舒，无不如出自董其昌之手。宋乡绅说，兄台，你这是才摹的，快拿出真迹让在下过眼。

钱先生说，拿什么，我不过随手涂鸦而已。

宋乡绅说，我刚在外面都看见了，别再瞒我了。

钱先生顿时口吃起来，祖上有训，绝……不让外人观看。

就让我看上一眼吧。宋乡绅紧紧拉住钱先生的手央求道。

钱先生望望一把胡须的宋乡绅，叹口气说，也罢，你我交好多年，今天就是落个不孝之名，也让您看一眼。

钱先生去净了手，才从柜子里拿出一轴画，慢慢展开。宋乡绅眼前一亮，顿觉神清气爽，待要细细品味时，画卷已收起。宋乡绅说，我再好好细品。钱先生说，祖训当头，请兄莫再逼我。

宋乡绅说，兄台守着宝贝饿肚子，不如把画转给我，尽享后半世富贵。钱先生说，即使腹中无过夜米，看上几眼画卷，也如饮甘饴。

第二天一早，宋乡绅又来了，让仆人担着一担金银，和钱先生说，除却田地房屋，这是我全部所有，只求兄台转让画卷。钱先生说，谢谢抬举，恕难从命。

兄台不想过富庶日子？钱先生微微一笑：画轴在手，朝看彩云，暮伴明月，别无他求。

宋乡绅说，我若强求呢？

钱先生拉长了脸：在下会与画卷同做灰烬。

隔一日，宋乡绅又请钱先生去饮酒，钱先生一口拒绝。

过几日，钱先生出去访友，回来后家中凌乱，每个角落都被翻动，而家里却没有少什么。钱先生偷偷查看后，心方落地。

又过几日，天上掉下大喜事，媒婆来提亲，要把宋乡绅的姑娘说给钱先生的儿子。钱先生的儿子20多岁了，因为家贫从没有媒人登过门。不想，钱先生一口回绝，竟说儿子还小。

半年后，宋家送了信来，说宋乡绅生命垂危，要见钱先生一面。

钱先生无奈地一笑，沉思片刻，从带虫的米缸里扒出一轴画笼进袖筒，跟上来人去了宋家。

宋乡绅面色灰槁，说话有气无力，拉住钱先生掉下眼泪：兄台，我命休矣。临终前，我只想细细品读董其昌真迹一晚，望兄台体恤将死之人。

临来时，我已想到你病症的根源在此。钱先生掏出画轴，递给宋乡绅说，但请兄台爱惜，并望兄台早日康复。不过，明早日出之时，我来取画。

第二天天刚放亮，钱先生来到宋家。宋家大门洞开，正屋中央摆放着半担金银，却无一人。钱先生一直等到月亮升起，也不见宋家人回来。

钱先生长叹一声，这个画痴呀，把什么都舍弃了。

他把宋乡绅的门锁好，依然回到自己的茅屋。

宋乡绅从此杳无音信。而钱先生依然会在夜深人静时发呆，品画。只不过每次他都像做贼一样，仔细观察四周后，才净手焚香，从隐秘处拿出一轴古画，静心研习。寂寞中的他有时也想，宋乡绅会携了画带着一家老小去哪里呢？这个宋乡绅啊，只知我是丹青高手，却不知我也是临摹做旧的行家呀！

◀ 半截儿藕

白翁是名蜚画坛的丹青高手，擅画花鸟鱼虫。他画的鱼鳍动鳞开，放在水中好像就能游走；画的鸟抖羽振翅，仿佛一挥手，就会被惊得飞上门外的树梢。用出神入化来形容白翁的作品，一点儿都不过。市面上白翁的一幅四尺小品最低开价是 10 两纹银，所以从没有谁论交情跟他开口索画，因为人家一动笔，那就是钱哪！

白翁在绘画造诣上虽然登峰造极，但性格孤僻生冷，用现在的话说，就是情商很低，能够跟他成为朋友的，很少。但他和慈惠墩的张刷子却关系异常。

张刷子能算画家吗？他从小喜欢乱涂乱画，既无老师指点，也无古画临摹，完全靠心灵手巧当了一名画匠。他的工作是去东家画个影壁，给西家画个四扇屏，谁家有需要涂涂画画的地方，都会说，去请张刷子，他画得好！就是行将入土的老人都点名让他给画棺材头上的五福献寿。

这样一位乡村画匠硬是和丹青高手不可思议地成了好朋友，并且是非常好的朋友。白翁隔几年还会长途跋涉地来到慈惠墩，在张刷子家住上些时日。慈惠墩紧靠汉江堤岸，到处都是菜园。白翁来了，不是去葱茏茂盛的菜地里，就是去小树林看鸟起鸟落，要么就到江边看捕虾钓鱼的，每当有鱼泼剌剌被拉出水面的一瞬，白翁的眼睛都会唰地一亮。回到家里，白翁并不作画，只是蜷缩在椅子上一碗一碗喝闷茶。张刷子是没工夫陪他的，白天要去彩绘，晚上有时会被东家留住吃了饭才回来。

一年冬天，白翁又来小住。白翁来后，接连下了几场少有的雪。张刷子一早就出门干活，白翁因雪就待在家里独自饮茶。天近黄昏，忽听街上喊，新鲜藕，煨汤的粉藕！

藕分脆藕和粉藕两种，脆藕适合煎炒烹炸和凉拌，粉藕适合煨汤，入口即酥。这样的天气，如果能有一煲排骨藕汤驱寒，特别是在外面冷了一天的张刷子回来后能喝上几口，岂不是好事？白翁摸出几文钱，想去买。腿还没迈出去，忽然灵光一闪，古时书圣有用一个"鹅"字换一群白鹅的佳话，如果我画一只藕去换他一车真藕，也不失为一段今天的趣事！

白翁信手摊开案上的宣纸，提笔挥毫，三下两下，一只拙朴弯曲略显嶙峋的藕不修边幅地跃然纸上，细看，藕节处还带着些许塘泥。藕下侧两株水草旁是一只螃蟹，张牙舞爪地举着一对钳子。白藕青蟹，静中有动，白翁远看近看，颇觉满意，题名钤印，不等墨迹全干，就松松地卷在手上出了门。

卖藕的人边叫卖边四下张望，堆满藕的独轮车旁没有买家。

白翁方步踱到跟前，慢悠悠地问，掌柜，这一车藕卖多少钱？

许是从没人这么问过买过，卖藕人懵了，说，这是我自己塘里种的，大概、大概总得能卖出一两银子吧！

白翁一听这话，志在必得，唰地抖开手中的画，说，瞧，我这只藕，只换你这一车藕，可以吧？

卖藕的看了一眼画上的藕，又看一眼白翁抖在风中的白胡子，问，这是……

我刚画的，特意来换藕。

哦，您老人家不觉得吃亏吗？

没事没事，谁让我想跟你换呢。

可我不想跟你换，你自己留着吧！

白翁说，换吧，谁让我想吃藕了呢。这样吧，你随便给些，够我吃两顿就行。

卖藕人说，想吃拿钱买，没钱要也行，这画儿你自己拿回家好好留着，我不稀罕。以后别倚老卖老干这种装疯卖傻的事儿，知道了吗？藕要一只还是两只？白送你！

白翁一阵眩晕，忙扶住墙站好。

远处来了个人影，走近了是张刷子。刷子问，你俩唠什么呢？

哟，张大画师，谁跟他唠？真是大白天遇见鬼了，在纸上胡乱画只假藕，要换我这一车真藕，这是谁家的老人啊？非疯即癫！

张刷子说，别瞎说，这是我远道而来的朋友，他的画可值钱了。

卖藕人重新把画打量下，说，我还是更喜欢您的画，这样吧，还是您给我画上一只，这车上的藕随便拿！

张刷子说，好吧，我去给你画。

一只肥胖白嫩的藕让卖藕人欢喜不已，卖藕人抱起一抱藕就往屋里搬。张刷子拦住说，够煨一顿汤的就行，不过，藕不粉的话，我要找你扯皮！

回到家，白翁刺啦一下把手中的画奋力一撕，张刷子眼疾手快抢下大半张，说，您这是干什么，何必跟一个卖藕的粗人一般见识？白翁摇摇头，铁青着脸把手里的小半张一条一条地撕碎。

白翁走后，再没有来过慈惠墩。

张刷子保存下白翁的大半张画作，好在只是撕掉极少的一部分，剩下的大半截儿藕上，题款印章俱全。

几年后，张刷子家遭变故，无奈之下将珍存的半截儿藕画作拿出去售卖，卖出的价钱让全村人咋舌：按藕的市价折算，足有1万斤之多！

几十年后，张刷子的后人在北京琉璃厂有缘再遇见这半截儿藕，标价已经能买100万斤藕了。

◄ 画 王

第一次遇见小王的时候，他正在街上摆个地摊，售卖几张花鸟鱼虫的画。

张老虎偶然从此经过，见是画摊，不由驻足，画作虽有灵气却显幼稚。刚抬起脚要走，忽然记起听人说过有个失去双亲以绘画为生的青年，忙又多打量了几眼画摊后的小王，见他清癯俊秀，环抱双臂，穿着寒酸。张老虎重新伫立下来，边翻看画卷边连呼上乘佳作，说特别是画满牡丹的花开富贵图，挂在家里就会招财进宝富贵吉祥啊！引来众人围观，张老虎给大家讲解每幅画的妙处后，又掏钱买了一幅牡丹。能得到张老虎赏识，岂是一般？画作立刻被众人抢购一空。

张老虎何以有这样大的威力？张老虎家道富庶，乐善好施，同时也是丹青高手，以擅画老虎奇石著名。不过他的画不卖，用他自己的话说，我不缺钱，就是图个乐。从此，小王和张老虎成了莫逆之交；从此，小王即使坐在家中，都会有人找来买画；从此，小王名气越来越大，成了远近闻名擅画富贵图的牡丹王。

小王的日子一下滋润起来，没事就提壶酒来找张老虎小聚。张老虎堪称酒中仙，每餐必饮，兴致上来，一次能饮一斤。酒后茶余二人切磋画技，张老虎书房前植有成片的牡丹，小王就观察勾勒一番。小王也虚心向张老虎请教画虎技法，经过张老虎的指点，牡丹王也能画出威风凛凛的老虎。再没多久，牡丹王除了卖牡丹，也开始出售虎虎生威图。画老虎是细活儿，要做到威风凛凛栩栩如生，除了画出气势和骨架，更要在细微处下足功夫，虎身上的每一根毛都要细细勾勒。这样，两个人聚会的时间就少了。有人和张老虎说，小王开始画虎了，那你张老虎以后画什么？张老虎呵呵一笑，我是玩儿，他是糊口，买家让画什么他就得画什么，不由他。

下次再聚时，张老虎反倒更细心地给牡丹王讲解画虎的一些忌讳，悬挂虎图的人家虽都是为镇宅避凶，但还是根据主人状况有所区别。家有青年的堂前宜挂上山虎，上山虎要画瘦，精气神儿足，取步步高升之意。如果是中老年人，则适合挂下山虎，意指事业有成归来。下山虎肚子一定要肥，安详富态，因为饿肚子虎下山会伤人。但不管画哪种虎，虎头要冲向大门，不冲卧室。说得牡丹王连连点头。

又一日，一老友来访，张老虎设宴招待。菜过五味，酒也快喝下两斤，老友红着脸说，我此行一是拜访你，二来是找牡丹王买画。

买到了？

没有。他被人请去画中堂和影壁墙，要几日才能回来。唉，白跑了一趟。

已面如重枣的张老虎哈哈大笑，你不来，哪有咱哥俩今日的痛饮，怎么说白跑呢？来，别总我自己喝，你也再干一杯！

老友连连摆手，我早喝好了，只是给小儿布置的新房内想有一幅花开富贵图，时间紧迫。

这个好办，不就是一张画吗？

你有牡丹王的画？多大尺寸？

张老虎又把酒杯斟满，说，咱俩再连干三杯，我保证你能拿走花开富贵图，要多大有多大！

当真？

当真！

三杯酒下肚，张老虎移步书房，展开宣纸，提起画笔。

好友说，我不、不是要虎图。

张老虎大着舌头说，谁……给你画虎？画、画一只老虎最快也……也得9天！

勾、描、点，皴、擦、染，大朵大朵的牡丹酣畅地盛开纸上，花繁叶茂，宛有馨香。两块奇石护住根部，三五只蜜蜂绕逐花蕊，仿佛能听见嘤嘤之声。

老友大呼：原来你还藏着一手，你才是真正的牡丹王！

再看张老虎，伏在案上，鼾声大作。

第二天，张老虎余醉未消，又来访客。来客说，我是专程来求牡丹图的！

张老虎连连作揖，画老虎我还凑合，画牡丹是外行，您还是去找牡丹王买吧。

您就按昨日的再给我画一幅就行！

张老虎恍然记起昨日，一拍脑袋，懊悔不已：惭愧惭愧，昨日大醉，信手涂鸦纯属败笔，那幅画我马上就去收回。嗨，豪饮误我失态失德，从此，我不但不画牡丹，连酒也绝不再饮！

果然，张老虎从此滴酒不沾。

再与牡丹王会面，华衣锦服的牡丹王问他，您那么大的酒瘾，怎么说戒就能戒了呢？张老虎竟羞赧地一笑。牡丹王又说，外面传您画牡丹也是一绝。张老虎连连摆手，误会误会，只有你才是牡丹王！

◀ 画寿桃

张刷子接了一单肥活儿，却愁坏了。

为给父亲贺八十大寿，黄乡绅特意拿来丰厚的润格，点名要画王母娘娘蟠桃宴上的寿桃。

张刷子主业种田，农闲时才是画师，十里八村的中堂画，比如松鹤延年，比如三星高照，比如梅兰竹菊，都是出自他的手笔，多为图个喜兴、吉利和热闹，画技和画法上倒忽略不计，越是不分主次地把画面画得满满的，主家越高兴，张刷子也如鱼得水。而一张大纸上只简单地画个桃子，张刷子有点儿犯傻。

张刷子没见过王母娘娘的蟠桃，就按素日吃过的桃子画了一张又一张，也撕了一张又一张。总是不满意。怎么画，也画不好桃子的圆润和饱满，不是画得羸瘦，就是肥得呆板，要么就是构成桃子的两条弧线的完美度相去甚远。张刷子犟脾气上来，索性研了一铜盆的墨，把一叠宣纸铺在地上。心想，把这些墨画完，总有一张像样的吧？

半盆墨用下去，张刷子渐渐没了信心，有些事情不是光靠勇气和坚持就能做好的。到了吃饭的时候，妻子喊他，他不理。饭菜渐冷，妻子又打发6岁的儿子小虎来喊他。小虎喊了几声，张刷子不理，埋头画桃。小虎上前猛夺他手中的笔，笔抢到了手，人却一个趔趄，跌坐进铜盆。

　　张刷子火冒三丈，抬手欲打。一屁股墨汁的儿子赶紧逃跑，脚下一滑，又跌坐到雪白的宣纸上。别看张刷子自己画废了那么多纸不心疼，见纸擦了屁股，却心如刀绞。张刷子高扬着手怒气冲冲追过来，不料纸上乌黑圆滚的屁股印儿却让他豁然开朗。他抱起惊恐中的儿子，边亲吻边一指铜盆："快，再去蘸些墨！"

　　张刷子的蟠桃贺寿图给黄乡绅家的寿诞庆宴添了彩，所有的来宾都啧啧称赞。几枝油绿桃叶的托衬中，一只硕大的墨桃占满半幅画纸，通体结实、饱满也不失圆润，桃嘴处勾勒一抹让人垂涎欲滴的粉红，寿桃上方空白处飞舞着五只蝙蝠，寓意"五福献寿"。

　　一时间，张刷子的墨桃成了抢手货，人们纷纷订购。他的墨桃作品除了画单桃，还有双桃，双桃画卷中的两只桃子不是呆板地重复，而是风格各异，大桃和单桃作品中的桃子如出一辙，略小点儿的桃子则更加圆润丰腴，还夹带妩媚之风。赶上有三口一起过生日的人家，就让张刷子画三只桃子，那么，张刷子就在两只大桃子上方或下方，加一只柔美可爱憨态可掬的小桃子，看的人都说，小桃子最好，鲜美和水灵跃然纸上，让人不禁想咬一口。

　　张刷子一时兴起，夹了一卷墨桃去汉阳县城内售卖。进了城，在街边铺展，立刻引得众人围观，人们对着桃子啧啧称奇。一个卖桃子的货郎竟然爱上了假桃子，说："我拿真桃子和你换！"张刷子笑笑："别看是假桃，比你真的还贵，没有一两银子拿不走。"

这时，一个书生模样的人挤进来蹲下一张一张地品味，看完了，朝张刷子拱手道："仁兄的画作真是出神入化。"

张刷子近期被人们吹捧得已经忘乎所以，就顺口说："肯定的，我就是鼎鼎大名的画师张刷子，方圆几十里能比过我的没有。"

那人冷笑一声，指着不同画幅中的大桃子，说："您真是厉害，看这几只大桃子，除了用墨浅淡略有不同外，如一奶同胞般相像。"

张刷子说："这就是一个优秀画师的功力。"

那人笑了，说："优秀的画师用什么作画呢？"

张刷子白他一眼："用什么画，跟你有什么关系？"

那人说："桃子如出一辙，绝不是用笔。"

"那用什么？"

"那用什么？"围观的人纷纷好奇地问。

"用屁股！"

"什么，屁股？屁股还能画画？"

那人继续点评："大家看，每幅画中的大桃子着墨硬实，想是画师自己屁股蘸墨坐出来的，另一只大桃子圆润丰满，像不像女人屁股？那只更小的桃子……"

众人恍然："孩子的屁股！"

张刷子的脸一下红了，说："那……桃叶，那……蝙蝠拿什么坐的呢？"

那人说："身为画师，你总得动一动笔吧？不过，也不是谁都能用屁股坐出画儿来，还是需要掌握用墨的浓淡变化，需要皴擦的技巧，掌握屁股在纸上停留的火候……"

张刷子在众人的大笑中，卷了画仓皇而走。

拿屁股画桃的事传扬开来，张刷子再无生意，购买的人家自认晦气，纷纷从墙上摘下撕毁。是啊，人家做寿，把屁股印儿挂在人家中堂，算个什么事呢？再提起张刷子，人们都一脸的不屑："哼，那个拿屁股给嘴换饭吃的人！"

屁股画桃一直当成笑话，流传了二十多年，让张刷子挺不直腰杆。渐渐被人们淡忘的时候，又突然有人上门来求画。张刷子摇摇头："你不知道我那画是屁股坐出来的吗？"

"知道，我就喜欢您的蟠桃贺寿图，我要高价购买收藏，挂到正屋中堂！"

他又摇摇头，叹口气："不能画桃了，老了，屁股瘦得都是骨头，再坐出来怕是桃核了。"

"卖我一张吧，以前的旧画儿也可以。"

张刷子说："谢谢抬举，我不需要用画儿换饭吃了。"

"我真心要买，您开个价，多少钱都行。"

"不卖！"张刷子昂首挺胸把他推出门去。

是的，张刷子衣食无忧了，儿子小虎刚荣任乡长，这方圆几十里大事小情的，都归他管。

◀ 画 医

中华医学博大精深，讲求"万事万物皆有阴阳，万事万物皆可入药"。就说墨吧，虽是用来写字画画的，但同样也入药治病。晋代葛洪著《肘后方》里有治疗痢疾的"姜墨丸"，唐代孙思邈在《千金方》中有"研浓墨点眼"治疗"飞丝入目红肿"的记载。《本草纲目》里说："墨气味辛温无毒，主治止血、生肌肤、合金疮、治产后血晕崩中。"

慈惠墩有一位张刷子，既是画师，也是画医。十里八村各家各户的中堂和影壁画，都出自张刷子的手笔；三五十里的孩子们得了痄腮，脸蛋子肿亮得像鼓胀的牛卵子，嘴都张不开，吃药不管用，也都来找张刷子。

见来了病人，张刷子洗净双手，打开锦盒，拿出墨块，在砚台里研磨，一股清香袭来。磨到墨汁浓滟，就让孩子侧伏书案上，张刷子拿起笔，开始在红肿发亮处作画，边画口中边念念有词，在神秘的咒语中直把红肿的半边脸画得黑如锅底，才停下笔来。

家长付了钱，领孩子回去，第二天就消了肿。

本村的孩子得痄腮找来，家长大多不给钱，张刷子也就不念咒语，反倒和孩子们嬉笑，孩子们想笑却张不开嘴的痛苦窘相，让张刷子很是开心。画之前，张刷子还问："给你画个什么？"大多时候，孩子还没想好，张刷子已经笔走龙蛇地画了起来，有时是一只大肚子的青蛙，有时是一只张牙舞爪的螃蟹。如果遇上也是爱玩笑的家长，张刷子画完了，会对孩子说："给你画得这个好，跟你爹一个模样！"家长咧着嘴笑骂一句，领着孩子走了。孩子回家拿镜子一照，乌黑黑的一只缩头乌龟！不过，不管画什么图案，都是奇效，第二天消肿，随后痊愈。人们都知道他的墨里有药，村里人有逮到大蟾蜍的，就给他送来。

大人们谁有个风火牙痛的，也找来，在腮帮子上画上一朵清灵的莲花，或者一朵瑞气的祥云，第二天就不疼了。有头疼上火的，也找来，张刷子在太阳穴画两贴内圆外方的假膏药，第二天，也不疼了。张刷子的针灸也是绝技，有个腰痛腿痛，找到他，几针下来，就疼痛全消。张刷子也并非来者不拒，有跌打损伤的找来，张刷子就说："这个画不好，要去正骨，用跌打药！"

日本少佐镝木初来此地水土不服，得了痄腮，吃了很多药物没有效果，无奈之下让翻译官领着来找张刷子，张刷子憋着一肚子气给这个侵略者可着脸画了一只大号的乌龟，反倒把镝木画乐了，以为是祝福他像龟者般长寿。没几天，他的痄腮就好了。他把张刷子奉若神医，隔三岔五把他找去炮楼，给他和日本兵们针灸。

这天，又把张刷子请去，给一个人治病，既不是鬼子，也不是伪军，而是一个商人打扮的。镝木说："赶紧给他治病，让他开路。"

张刷子见那人身上青一块紫一块，说："这是跌打伤啊。"

那人见四周无人，恨恨地说："日本人太毒辣！我实在受不了，疼啊！"

"那你是……"

经过交谈，张刷子知道了他是上级给涢口游击队送情报的通讯员，前天被鬼子抓住，被毒打后叛变，现在给他治疗一下，再让他去找游击队传递假情报，想引诱游击队出来，然后一网打尽。

张刷子沉吟片刻，问："你今后就真心效忠皇军了？"

那人说："真心谈不上，可不叛变就得死啊，好死不如赖活着，活命要紧。"

张刷子说："对，识时务者俊杰，我给你治病。"说着，拿出跌打药，给他外敷后，又拿出笔墨来。

"你这是？"

"我是画医，作画治病。"

"能管用？"

"皇军都信，你不信？"

"我信，我信。"

说话间，张刷子在他后背上做起画来。画完了，张刷子问："好些吗？"

"很清凉，不怎么疼了。"

张刷子说："我的针灸也是祖传，再给你扎一扎。"

那人点点头。

张刷子抽出银针，在他脖根儿下面挑拣着穴位捻动起来。捻完针，又用墨汁涂抹。张刷子说："好了，我行医就为传名，如果有人问，就说是我张刷子给你治的病扎的针，记住了？背上的药墨要保留两天，再用湖水洗掉，这是偏方。"

日本人的如意算盘并没有实现。叛变的通讯员找到涢口游击队，立刻就被识破了，反倒是借助日本人的假情报，利用时间差打了个伏击围歼战，日本人死伤无数，镝木被当场击毙。

原来，投敌的通讯员和游击队接上头后，夜晚睡觉时被游击队员发现了他脖根下面有字，经审问，他如实交代了投敌变节的过程。

张刷子那天给他针灸时，用银针巧妙地刺了两个字，药墨洗掉后，那两个字就永远地嵌在肉里——"奸人"！

◀ 拜　师
·················

张豆突然有了梦想，要由一个卖豆腐的，成长为一名画家。每一个立志成才的人都值得钦佩和敬重，只是他的起步有些晚。

那日，邻居新屋落成，要请来一位画师来作画补白，主人随心要求，画师当场满足，众邻里前来围观，热闹喜庆皆大欢喜。邻居一大早去买张豆的豆腐，精心准备中午的饭菜，这份对画师的敬意被张豆看在眼里，就格外留意画师的到来。终于，画师来了，是邻村的张刷子。张刷子五短身材，头大手粗，忙时种田，闲时作画。只见他握一支秃笔，三下两下竟能勾画出一幅山水，再浓墨重彩粉饰一番，就大功告成。张豆觉得没有什么难的，回家试着信手一画，感觉不比张刷子画的差。张豆发现自己这一潜能，一下萌生了当画家的念头。

张豆买来芥子园画谱，等于请来不会说话的名师，停了豆腐坊的生意，每天静心苦习。白天画了一天，晚上还画半晚。妻子苦劝几日无果，无奈之下只好自己去制作和售卖豆腐。

农闲过去，田里忙了起来，张豆还浸淫在绘画创作中。妻子说，布谷鸟都叫了几天，你还不下田插秧？

张豆说，你干就干，不干也别烦我。时光容易把人抛，我不能负了时光，张刷子画成那样，还吃遍十里八村的酒席，我定能超过他！等我的一幅画能换回一担米来，你就跟着吃香喝辣吧。

妻子说，有道是人过三十不学艺呀！

张豆"切"的一声，听说有个从湖南乡下跑去北平城的齐白石，他50多岁了才从木匠改作画家，现在随便一动笔就是哗哗响的钞票！

妻子没办法，不能眼睁睁看着田地荒废呀，只好家里、田里自己吃苦，由着他在家任性挥墨。画了几个月后，张豆越画反倒越感觉力不从心了，慢慢觉出张刷子的画技还是有可圈可点之处。

他拿上几幅画，找张刷子求教。张刷子很热情也乐于指出不足，但具体到怎样提高，却说不出个一二三，因为他也是自学成才，理论上是空白。张豆见他家墙上贴有一幅荷花图，一抹荷叶托举着两只大荷花，一只蜻蜓飞舞，像要找地方落脚，另一只蜻蜓已经站到一只未绽开的尖尖小荷上，荷花仿佛有凌波微动的感觉。

张豆陶醉了，问，这是你画的？

张刷子摇摇头，是一个过路的画家送的，上面有名字。

写的是红莲居士。他问张刷子，这位红莲居士住在哪里？

张刷子说，说是住在洞庭湖边，其他的不了解。

洞庭湖离此有200多里，张豆决定去拜访名师。

历经风餐露宿，走到了洞庭湖畔，却访不到这位名家。张豆好生奇怪，这么优秀的画家怎么竟无人知晓呢？在他眼中，这是仅次于齐白石的画家。他不甘心，继续打问，见夕阳下一个推着空车走来的小伙子，忙问，知道红莲居士家吗？

小伙子的脸红起来，你是？

他说，我爱画画，是专程来拜师的。

小伙子说，跟我回家吧！

荷花盛开的湖畔，两间破旧的茅草房。进了屋，果然看到墙上也贴着几张婀娜妩媚摇曳生香的荷花图。他激动地说，令尊大人在哪里？

小伙子问，你是找我还是找我父亲？

他说，我要拜红莲居士为师！

小伙子脸红了，说，我叫汪水娃，妈给我取的名字太土了，所以画画时就用红莲居士。

你……你今年才多大呀？

汪水娃说，我到年就 25 岁了，也不小了。

张豆紧紧握住他的手，大师这么年轻，让人羡慕啊！

两人促膝交谈，就绘画技巧切磋到半夜，张豆如醍醐灌顶。

第二天一早，汪水娃拿起一顶斗笠说，你看看湖边风景，晚上再聊。

张豆问，你是？

汪水娃说，我要下湖去！

张豆说，你不画画吗？

汪水娃说，画画是雅事，只在闲的时候才怡心陶情，吃的用的还是都要从湖里出啊!

张豆说，你这么年轻，静下心来专心画画，一定会超过齐白石的，不要浪费了大好时光啊!

汪水娃一阵爽朗的笑声，说，我师傅清潭居士在前面湖塘里养了大半辈儿鸭子，他年轻时比我现在画的都好，成名成家不光是画得好，也是需要机缘巧合的，不过既然是爱这，就坚持着一直画下去。眼下我最要紧的，是把莲蓬和菱角采上来，趁新鲜推车去卖个好价钱! 说完，就划着小船进了湖荡。

回村后的张豆又卖起了豆腐，干起了农活。

夜晚，妻子问，你没访到老师?

访到了。煤油灯下，张豆一边绘画，一边回答。

妻子说，看来，你遇到了真正的名师!

第四辑 画痴

◀ 乐　痴

王虎吹得一手好唢呐。

王虎小时候放羊，春天里，赶着羊群走在堤坡，满坡新绿。随手一扭，就是一支柳笛。放在口中，就能吹出一首跌跌撞撞的曲子来，虽说野调，却也悠扬。后来，再大些，就迷上了吹唢呐，不知从哪里弄来一只唢呐，没事就吹，吹得老爹心烦，说，我死了你再吹行不？妈就说，去江边吹，那里人少。王虎无师自通地能吹好多首曲子后，非要跟了戏班子走。那是下九流啊，能当营生？他妈把菜刀放在自己脖子上，才拦下他。

王虎成亲的当晚，年轻的伙伴们来闹新房，按常规是要熬到深夜，还要新人端着烟茶说尽好话才会走，可今天他们没坐屁大的功夫就起身告辞。王虎问，不再多坐会儿？伙伴们说，不坐了，改天再来，不是新沟镇来了戏班子，今天能放过你？王虎忙打听是哪里的戏班子。伙伴们故意逗他，特别把戏班子里的唢呐手吹了个神乎其神。王虎说，没那么好吧？伙伴们说，汉口来的，再差能差到哪儿去？

王虎的心一下活了，望一眼坐在床边蒙着盖头的新娘，还是咕咚咚跑了出去。等父母发现，从十里开外的戏台下把王虎揪回来，已是子夜时分。新娘在里面插了门，嘤嘤地哭，谁喊也不开。屋檐下，王虎两只手翻飞，做吹唢呐状，一直比画到天亮。

王虎当泥瓦匠，上高了头晕；王虎去当木匠，刨子却总推不平；王虎把所有的积蓄买了300只母鸡，鸡刚下蛋，一场鸡瘟死个干净。王虎实在没有一个好营生。高兴的时候，王虎喜欢吹唢呐，心里郁闷了，也会来上一段。埋掉了瘟鸡，王虎站在江堤上，呜呜咽咽地吹了半天，吸引得几个路人围拢来。原来这几位是民间吹鼓手，专给红白喜事奏乐的响器班子，要请他入伙。王虎抚摸着唢呐想，每天既能过了瘾，还有可观的收入，干！

王虎就成了吹鼓手，虽半路出家，却一丝不苟。白天吹了一天，晚上到家还要练习新曲子。王虎的名声很快就响遍方圆几十里，冲着王虎唢呐吹得好，远近的红白喜事都会点他们的班子。

王虎的爹去世了，出殡那天，响器班子来义务捧场。披麻戴孝的王虎感激地一个劲磕头。接待完吊孝的人们，稍微闲下来的王虎听着同事们的演出，细咂摸，总觉年轻的唢呐手吹的不对味，有气无力的，一点不洪亮，还接连吹出好几个破音。王虎忍了忍，谁知唢呐手又接连吹错了几个音。王虎再也忍不住，腾地站起来，走出灵棚。一串高亢嘹亮的声音飘荡上空，这声音像磁铁，把远远近近的人们一下都吸了过来，只见头戴重孝的王虎时而昂头，时而俯首，脑后的孝布随着他的摆动，在空中翻舞，刚才还五音不全的唢呐，在他手中立刻成了直冲云霄的百灵鸟。不过，他的一曲还没吹完，他三叔拿了鸭蛋粗的木棍劈头砸来。

吹鼓手的生活每天除去吹拉弹奏，就是泡在酒肉里，再吝啬的人家出了请吹鼓手的大事，也不再吝啬。饱吹饿唱，五十大几的王虎胖成了一口水缸，总觉头晕心慌，吹出来的唢呐声更浑厚和动听。这天要去邻村吹奏，早上起来却晕得两只脚打别。老婆说你别去了。王虎说，说好的，哪能不诚信？再说我不去唢呐就不响亮。老婆说，那你省着点力气吹。

出殡的这家是殷实人家，也讲孝道，除了王虎他们，另外还请了一班子。两班子人都认识，虽不至于像老话说的同行是冤家，但相互之间绝对没有好感。

吹奏刚开始，两班子人就铆上了劲，一为面子，二争名誉。主家这时候还嫌不热闹，两边的桌子上各放了十块大洋，算是加赏。于是，两边的比试立刻升了级：那边吹个《一江风》，这边吹个《月牙五更》，这边吹个《小寡妇上坟》，那边吹个《秦雪梅吊孝》，那边来个《夜祭》，这边又吹个《送亲人》，吹完悲曲吹喜曲，好在逝去的是位八旬老者，喜丧，主家只图热闹。看热闹的人们，潮水似的，一会儿涌向这边，一会儿涌向那边，哪边稍微出点儿花活，就立刻起哄似的涌过去，另一边面前立刻就稀稀落落地冷了场。王虎毕竟是王虎，虽说早上晕着出来，吃饭时喝了半碗酒，唢呐一拿，人立刻就像打了鸡血。他从来都是人来疯，只要面前听众多，他就卖力地吹，耍着花活吹，他不但用嘴吹，还能用鼻子吹，偶尔也用耳朵吹。七窍是相通的，只要功力到气运足，都能吹的响。

马上要抬棺下葬了，吹奏就要结束。这时，王虎望着面前黑压压的人群，祭出撒手锏，他深吸一口气，鼓圆了腮，吹起了《百鸟朝凤》，他用唢呐惟妙惟肖地模仿着百种鸟的叫声，模仿着凤凰的长鸣。到最后，越吹声音越高，越吹声音越亮，他已经控制不住自己，就像春天来了百花必开一样，不需要理由。

一曲吹罢，万籁俱寂。好一会儿，才响起一片排山倒海般的掌声和叫好声。王虎笑着朝大家招招手，往下一坐，却从座位上滑下，软在地上。

用今天的医学常识看，王虎是脑出血了。

第五辑

诗痴

◀ 弥月悲歌

张京，湖乡柏泉人，生逢乱世，被历史上称为南明的小朝廷临危受命，任为兵部尚书，在四川一带抗清，不想寡不敌众，兵败被俘。

"阿弥陀佛，张大人，别来无恙。"一声问候打破牢狱里的寂静。

刚刚送走劝降的吴三桂，还燃烧着满腔怒火的张京回转身来，见一位中年僧人一手提一只食盒，一手提一把茶壶，站在他身后。仔细打量，认出是以前驻军军营旁寺庙的方丈。

张京忙拱手施礼："大师，多时未见了。您什么时候来的？老而昏聩呀，这牢狱的铁门有点风吹草动就吱嘎乱响，竟然没有听见您进来。"

"张大人，我已来多时，刚要与您打招呼，这时吴三桂也来了，于是我用了隐身之术暂时回避。"

张京打量着方丈身后的平整的墙壁，说："刚才吴三桂对我劝降，您都听见了？"

方丈点点头，说："听见了，吴大人的话句句在理，我觉得您不应该拒绝呀。"

张京说："哦？您说说看。"

"清兵入关以来，势如破竹，所向披靡，倒是我大明的军队节节败退，纷纷倒戈，很多以前比您还位高权重的国之重臣都归降了，现在您既无粮草也无救兵，做了人家的阶下囚，再顽固下去，就是死路一条。"

"今天来您是和我叙旧，还是给吴三桂来做说客？"

"我不给任何人做鹰犬，我是为仰慕之情而来。唉，这些年您为了大明的江山呕心沥血南征北战，头发全白了。"

"空活八十载，白发不胜簪。征战多年，不想今日成了阶下囚。"

"不过，识时务者为俊杰，我大明的洪承畴、吴三桂，本都是国之重器，但大厦将倾，不是哪个人能改变的，您不如和他们一样，顺时而变，归顺新主，再享半世荣华，何乐而不为？人生如过眼烟云，您已过古稀之年，何必再让心身受苦？"

"呵呵呵，大师啊，您是得道高僧，国难当头，您不会劝我卖国求荣的，您只是想听一下我此刻心中所想。十几年来，国家危难，山河破碎，我早已将生死荣华置之度外，只想早日驱除鞑虏，让百姓安居乐业。早在几年前，洪承畴俘虏了我的两个儿子，扣押长子邦宪，然后让次子邦宁送来劝降书，说只要投靠清人，就以元勋相待。说实话，早年间，我的仕途升迁还仰仗了洪承畴知人善任，大力保举，他对我有知遇之恩，但如今他投靠鞑虏，我是不会和他同流合污的。今天，吴三桂又来许我加官晋爵，优于在大明为官的待遇。但人要有气节，朝廷加封我为兵部尚书，受命于危难以收拾破碎山河，虽不是一己之力能够挽回，但更要精忠报国死而后已。"

"我对您佩服得五体投地，您真是忠烈公文天祥在世啊！"

张京说："我无地自容啊，身陷图圄再不能为国效力征战沙场，又怎能和留下千古绝唱'人生自古谁无死，留取丹心照汗青'的文丞相比？"

"生逢乱世，救国家于危难，尽管无回天之力，您和文丞相都是万古流芳的忠臣良将！刚才吴三桂威逼利诱，您丝毫不为所动，誓死为国流尽最后一滴血，我深深感动。"方丈说，"看你有什么心愿，希望我能帮到你。"

"山河破灭，心死如灰。如今大败，只求速死。大师能念及旧情前来一叙，我张京已是感激万分，不敢再有其他奢求。"

方丈说："我虽是出家之人，但对精忠报国之士五体投地。您有什么未了之事尽管吩咐，也算我为国家尽微薄之力。"

张京沉吟片刻才说："唯一的一桩心事，就是我多年在外征战，不曾在父母跟前尽孝。我死之后，如果大师能够把我尸骨运回老家，葬于父母身边，那我将三生有幸！"

"您的家在哪里？"

"沿着长江东去千里，那是我魂牵梦绕的地方，如果您送我回家，会看到那是一片有山有水钟灵毓秀的好地方。罢，罢！我这个要求太高了，家乡距此遥远，山重水复，走水路要经过险滩众多的三峡，走陆地就是难于上青天的蜀道，独自行走都是困难重重，再带上一具尸骨，那真是比登天还难！青山处处埋忠骨，何须马革裹尸还，我还是写封家书，连同我之前做的一首绝命诗都交给您，能够有机会转交我的家人，就很感谢了！"

张京边写边铿锵地诵读：

弥月悲歌待此时，成仁取义有谁知？

衣冠不改生前志，名姓空留死后思。

破碎山河休葬骨，颠连君父未舒眉。

魂兮莫指回乡路，直到朱陵拜旧碑！

念完诗，张京不由连声地咳嗽起来。

"来，张大人，请饮一杯清茶，我特意用山泉水泡制。"

张京接过茶盏，浅饮一口，边回味边说："我家乡有一口唐代泉井，名曰柏泉，泉水也如此甘甜，并有淡淡柏香，饮了您的茶，引起了我的思乡之情。"

方丈说："我还略备薄酒，也请您小酌几杯。"

张京说："感谢您的美意，君子之交，何劳您冒生死危险前来探视老朽？"

方丈说："我在您身上看到了尽忠报国舍身成仁的气节和操守，我为今生能够与您这样的英雄结识而骄傲。我本佛前无名童子，但愿因结识您而在历史上留下身影，哪怕没有人知道我的名字。"

"过奖了！"张京对方丈深施一礼，然后举杯一饮而尽。

这时，有狱卒的脚步声由远而近，方丈说："时候也不早了，您的托付我一定尽力为之，后会有期！"说完，遁入墙壁而去。

不久，张京即被杀害，宁死不屈。

张京死后，方丈偷殓遗体暂厝庙内，后历经千难万险，千里迢迢送忠骨还乡，践行了自己的诺言。而这位义薄云天的大和尚，却没人知道他的名字。

◄ "怕死"的烈士

甄家是村里的首富，房有十间，地有百顷。"甄怕死"是甄家大少爷的绰号。

那年甄家大少爷还是 10 岁的孩子，街口来了一个算命的，招摇着"麻衣神算"的布幌子，被众人团团围住，有人算财，有人算运，还有人算婚姻。一番热闹过后，有人说灵验，有人说不准，有人说纯粹是胡说八道。

有人就把后面看热闹的甄家大少爷推到前面。

虽是大户子弟，大少爷却穿着朴素，衣袖上还有两块方正的补丁。起哄的就说看看这孩子命中是否有富贵？算命先生问了生辰八字，掐指推算，打个激灵，又反复排算，再端详面前的少年：淡眉细眼，下颌尖瘦，耳垂单薄。最后喃喃说道："光绪二十八年正月十七，这是虎年虎月虎日啊！"

后来被人们追问得紧了，先生摸着大少爷肉肉的小手说："富贵在这位小爷身上不算个事儿，要紧的是性命。"

"会怎样？"

"饶过我吧，卦金我一文不收。"

"不说不让走，他家大人不在这儿，但说无妨。"

先生鼓足了勇气说："锦衣华食，福厚命短，三十又五是大关！"

大少爷毕竟是孩子，没懂什么意思。看热闹的替先生解释道：就是你活不过 35 岁！

大少爷哭着跑回家，哭得惊天动地。家人问为何如此伤心？大少爷呜呜咽咽地说是怕死。

好半天，才问明白事情原委的家人来找算命先生理论，人已杳无踪迹。

家里人想追出村去，他爹倒坦然，说算了，人家既不图财也没骗钱，是按卦书实话实说。

"我怕死，我真怕死！"大少爷茶不思饭不想，每天以泪洗面。就这样，"甄怕死"的绰号就叫响了。

从此，一家人小心翼翼，危险一点儿的地方不敢让他去，刀子剪子不让他摸。他娘还让他的一个远房堂兄护着他，他堂兄长得五大三粗，外号叫甄大胆儿。

"甄怕死"在村里读完私塾，又去外面读中学读大学，后来去东洋留学了，再后来在北平找了份安稳舒适的工作。

日本鬼子来的第二年，"甄怕死"从北平回来了。村里人再看见他，都认不出来了。西装套在长袍外面，戴着金丝边眼镜，唇上留一撮小胡子，会让日本人误以为是同类的那种仁丹胡。

"甄怕死"经爹同意，卖掉家里的一些田地，在县城开了商行，开了药堂，开两家饭庄，一家是做中国菜的，另一家是日本料理。他的生意真是红火，商行每天有货搬进搬出，酒店更是火爆，炮楼里的日本兵几乎隔两天就要在料理店闹个通宵。

　　在生意兴隆中，"甄怕死"平安度过了他的35岁生日。全家为他松了一口气。

　　生龙活虎的"甄怕死"成了能呼风唤雨的人，没有他不认识的人，没有他做不成的买卖，没有他办不成的事儿，连日本人的生意他都能做，日本人颁发的各种通行证，他随便从身上一掏，就是几张。经常有人看见，他和炮楼里的小胡子少佐经常在一起喝酒，酒到酣处还一起搂着膀子唱谁也听不懂的东洋歌儿。

　　人们就怀疑，讲一口流利日语的甄家大少爷是不是汉奸呢？他的堂兄甄大胆儿就当了伪军的大队长，看来甄氏门庭是出汉奸的。

　　就在人们认定了"甄怕死"是汉奸的时候，他却被日本人抓了起来。

　　日本人得到情报说，"甄怕死"把各种紧缺的医药和战备物资偷偷运给抗日队伍，他和日本人推杯换盏时探听到的情报也通过联络员全部送了出去，让出去清剿的日军损失惨重。

　　先是以礼相待，小胡子少佐陪着"甄怕死"每天泡在酒里，让军妓给松背按摩。酒也好色也好，大少爷来者不拒。但当小胡子少佐劝说他提供情报为皇军效劳时，只换来大少爷的嘿嘿冷笑。

　　上了大刑，"甄怕死"遍体鳞伤，硬是没有吐一个字儿。小胡子少佐气急败坏，要放狼狗咬人。伪军大队长甄大胆儿忙拦住，说你不是想要他的命，你是想要情报。又跟小胡子少佐耳语了几句，就这样，"甄怕死"被放了出来。

"甄怕死"回了家，门前却总晃动着几个鬼鬼祟祟的人影。

七八天过去，并没有人来甄家接头。是不是游击队还不知道甄家大少爷被放出来了呢？小胡子少佐不耐烦了，甄大胆儿心生一计：广发请柬，给大少爷办一场压惊酒，把县城有头有脸的人都请来，让大家都知道甄家大少爷居家疗伤。

酒宴明天开始，"甄怕死"才被告知，他立刻明白这里面的凶险。子夜时分，他打开后院小门，黑影里立刻蹿出两人，嘻嘻一笑："大少爷，黑更半夜的，想去哪里呀？"

走是走不了，怎么办？鬼子把自己当诱饵，能眼睁睁看着同志们今后来自投罗网吗？

天亮了，"甄怕死"倒平静了。

酒宴开始了。甄大胆儿让大少爷说几句敬酒词。"甄怕死"环视四周，端起酒杯，走到角落里的一桌，站到一个穿便装的小胡子客人跟前，绅士地和他碰下杯，再转头来对所有来宾深鞠一躬。

"甄怕死"说："乡亲父老，前几天日本人把我抓起来严刑拷打，是的，他们没有抓错人，我是把物资和药品给了咱抗日的队伍上，我是把探听到的日本人情报送给了咱们的队伍，让小日本吃了大亏。我现在居家是身陷囹圄，院外日夜有人把守，今天这个鸿门宴，无非是想让大家把我在家的消息十传百千传万的传出去，好引咱们的队伍来和我接头，妄想来个顺藤摸瓜一网打尽。好吧，今天我就借大家的口，把我的死讯传出去，彻底断了小日本的阴谋！希望今后大家跟上咱抗日队伍，驱除倭寇，光复中华！"

"甄怕死"将酒一饮而尽，落下酒杯的瞬间，寒光一闪，手上多出一把尺长的尖刀，对着自己的胸膛猛刺进去，在一片惊呼声中，他一皱眉，拔出刀来，又闪电般刺向小胡子客人的心窝，一刀，两刀……

枪声响起，"甄怕死"泰然倒地。

后来，本地的史料这样记载：甄英豪，中共地下党员……英年35岁。

◀ 岁暖三友

柏泉古镇，最有品位的酒局莫过于李三少的，最为豪奢的宴请非王老板莫属，而被诗书茶浸淫的聚会只有张公子能操持得雅致新鲜。然而，李三少的酒局上大多只有王老板和张公子，王老板的座上常客是李三少和张公子，而能在张公子茶香流溢的府上高谈阔论的，除了张公子自己，就是李三少和王老板。

李三少在柏泉镇算是首富，功名不第仍喜吟诗作赋；王老板家有万贯，闲来无事，三天两头就能有一首新诗问世；张公子官宦世家，至今他的老父亲还在省外任上，他的腹内能少了诗文？不过那时的诗文不像现在有报刊发表、网络传播，创作出来后除孤芳自赏外只有拿到气味相投的朋友间炫阅，仅能博得口头点赞来获得荣誉感和成就感。

三人因家境、爱好都在一个层面，所以称兄道弟形影相随，素日里不是你接，就是他请，隔个十天半月就要聚会一次。春食红酥手，夏饮雄黄酒，真可谓"五花马，千金裘，呼儿将出换美酒，与尔同销万古愁"。

每次痛饮后再即兴赋诗，所赋诗词大多是随节气时令变化而改换主题。人生得意须尽欢，一次欢笑过后，李三少突发奇想说，该用个什么恰当的词语来形容我们三人呢？我想了半天，却找不到个合适的。王老板不假思索地说，我们三人，用"松、竹、梅"来比怎样？既文雅，又诗意。张公子摇摇头，松竹梅固然高雅，却是岁寒三友，我们三个和"寒"是沾不上一点儿边的。说着，一指身上的锦衣华服，又一指满桌的美味珍馐，我们寒吗？哪一点儿寒了？三人哈哈大笑，笑罢再忖，也没找到一个合适的词汇。

生活不会总是如诗如歌如沐春风。张公子的父亲出事了，被削官革职关进了大牢。张公子一下如落魄的凤凰，褪去锦羽和普通白条鸡无异了。后来，父亲的一位朋友指点他，要去疏通活动的。张公子说，说我父亲贪赃，可我家空徒四壁，银子去了哪里呢？父亲的朋友说，事情总会水落石出的，即使是被人诬陷，可还是需要有人站出来替你父亲申诉啊，你需要去他们之间走动一下的。

提到钱，张公子想到了两位好友，忙去找他们。把情况一五一十地说完，李三少沉吟片刻说，家里刚置办了百亩水田，还借了一些债的，恕难相帮。张公子又去找王老板，王老板慢悠悠地来回踱着步子，最后停住，说，我刚进了一批杭州丝绸回来，如果早几天知道伯父有难，我绝不去进货，而是把钱给你拿去急用，能缓一缓吗？张公子问，多长时间？王老板说，这要看行情，最快半年能出清货物，慢了恐怕要二年三载。张公子一听此话，拂袖而去。

举杯邀明月，对影少一人。王老板和李三少四目相望，说，张家面前的这道槛儿够呛能过去。李三少说，也找你借钱了？借了吗？王老板摇摇头，我们和他，只算是有共同兴趣，不沾亲带故的，他来开口，真是高看了我们的交情。再者，他爹这一倒，张家大势已去，恐再难起来，钱借出去，今后拿什么还啊？来，不提他了，喝酒！

不料，半年后张父冤情昭雪，还官升一级。

李三少第一个向张公子发出邀请，说三人一起聚聚。这半年，只有两个人的酒喝得味寡，诗文都少写了很多，曾试图叫上其他富甲一方的朋友来填补张公子空出来的这个座位，却又话不投机。倒是能找到几个懂诗词会作文的寒酸文人，摇头晃脑旁若无人地坐在他们面前，又怎么看怎么别扭。

张公子拒绝了，没去。

隔了一日，王老板的请柬也送了来，张公子同样拒绝了。

又过了些时日，父亲的俸银寄到家，张公子心情舒畅，重新捧起了书卷，已经大半年没有读诗了。读着读着，不由一时兴起就创作了两首。写完，吟哦两遍，颇感有唐宋遗风，不输李杜，高过三苏。怎么写出了这么好的诗呢？张公子兴奋得脸都红了，拍案叫绝之余，情不自禁地要与人分享。

三人重新坐到了一起，听张公子吟诵他的新诗。时值严冬，围炉把酒，春风满面，笑语盈盈。刚开始张公子还感觉和他们生疏了，之间好像隔了层什么，但谈起诗文来，就又忘记了一切。三人从午后不知不觉谈到子夜，方恋恋不舍地散去。是的，好长时间没有这么痛快地谈论了，不是跟谁都能这样谈论的，只有各方面都旗鼓相当的他们，才能这样酣畅淋漓地烹茶煮酒谈诗。

三人约好，明天由李三少做东，后天是王老板安排。

张公子看二人起身从熏炉旁拿起裘皮大衣，包裹严实，突然说，我找到来形容我们的准确词语了。

是什么？两人兴致颇浓地回头来听。

岁——暖——三——友，我们是岁暖三友！

岁——暖？现在是冬天呢！王老板一指垂在屋檐的冰凌说。

李三少一拉他的衣袖，快走吧，咱明天见！

◀ 珍贵的礼物

民国二十一年，柏泉镇又遇荒灾。

母亲对熊大说："别把咱娘俩都饿死了，你还是出去找条活路，去武昌裕华纱厂做事吧。"

裕华纱厂是柏泉人张松樵创办的。熊大说："张老板也不认识我呀。"

母亲说："不需要认识，一听你的口音，他就会把你安排得好好的。"

熊大说："那我带点什么见面礼呢？"

母亲为了难，家徒四壁哪有什么东西可带呀，想了半天才说："要不你把咱柏泉古井里的水挑上一担，给张老板烧茶喝。"

熊大说："我不担，哪里没有水呀，又不是什么稀罕物。"

母亲说："美不美家乡水，再说咱古井水还真是一宝，他在武昌是喝不到的。"

第二天一早，熊大担着满满两木桶水上路了。

清晨凉爽，熊大一口气走了十里路，到了剪径河边，刚放下担子喘口气，草丛里冒出三个人来，扭住熊大，浑身上下搜个遍，失望之余，掉头奔向水桶，熊大忙拦："不要动我的水！"

　　"水？你老远走来，只是一担水？"盖子掀开，打头的伸出一根手指，在桶里蘸了一下，先小心地嗅了嗅，才舔了手指，真的是水。听熊大说了要担水进城的原因，其中一个叹口气："穷家子弟求生不易，放他走吧！"

　　中午时，口干舌燥的熊大进了一个村子，在一片树荫里放下担子，边擦额头的汗珠边向树荫里乘凉的人说："我讨碗水喝，嗓子都冒烟了！"

　　一个小女孩听了，回家端出一碗水来，熊大接过去，咕咚咚喝个精光。

　　村人问："担的是酒吗？"

　　熊大说："是水。"

　　几个人大笑起来："担着水还讨水喝？"

　　熊大说："我的水是去送去武昌的。"

　　"担水去武昌？你这是什么水呀？是观世音菩萨玉净瓶里的甘露吗？"

　　熊大说："是柏泉古井里的水，比甘露水也差不到哪去，我要去裕华纱厂做事，顺便给老板担去泡茶喝。"

　　其中一个人点点头："我听说过的，柏泉古井是一口神奇的井。"

　　小姑娘说："我不知道，给我讲一讲吧。"

熊大就讲了起来："柏泉古井是唐代的一口古井，它靠着一片水塘，井水却总是比塘水高出三尺，遇到大旱之年，塘水干了井水也不会干。更为神奇的是，井底有两个柏树根，像两只游动的鲤鱼。这树根从哪里来的呢？是汉阳龟山上一棵大柏树的根扎到这里来了。"

"龟山到柏泉有多远呢？"

"四十多里吧。"

"这么远，又在地下，怎么知道是龟山柏树的根呢？"

"相传古井边上景德寺里有一位得道高僧，去龟山的寺庙论禅，坐在一棵大柏树下休息，这棵古柏可不一般，传说是大禹来治水种植的。高僧靠着古柏，迷迷糊糊听到有人说话。他睁开眼睛，周围却没有人。他把耳朵贴到身后的树干上，这回声音清楚了，听清是柏泉的乡亲们边淘井边聊天，声音是顺着古井里的树根传过来的。"

小女孩说："太神奇了。"

熊大说："有柏根在井底，所以古井里的水更加甘甜清香。"

小女孩终于忍不住了，说："哥哥，我能喝一口你的水吗？"

熊大望着女孩亮晶晶的眼睛，还是点了头。

下午，熊大的脚步沉重起来，走在路上，突然"哒哒哒"冲来一头小牛犊，用头顶起后面的水桶来，水从盖子的缝隙里洒出来。熊大心疼极了，一边躲闪一边大声驱赶，牛犊还是围着水桶转，直到一声清脆的鞭子响，才给熊大解了围。

赶牛的老汉以为洒出来的是酒，连忙向熊大赔礼。等听了熊大的介绍，老汉哈哈大笑起来："你真是个心实的孩子，水哪里没有，你把水倒掉，轻轻松松走到了地方，再找个水井打两桶不就是了？"

熊大说："那不行，我们柏泉古井位于狮子山下月塘畔，水质柔绵甘甜，和别处的水就是不一样。"

"水和水没啥区别，只是喝的人心理作用罢了。听我的没错，你能少受一些苦。"

熊大说："不，我不会这样取巧。"说完，重新挑起担子上路了。

从朝霞满天，走到了日落西山，熊大终于看到了裕华纱厂的大门，他如释重负般地想快些走进厂里。这时一辆汽车从身边飞快驶过，这是他有生以来第一次近距离接触这种钢铁怪兽，他慌忙躲闪，踩到一块鹅卵石上，一个趔趄扑倒，倒地的瞬间，他拼命抱住了前面的木桶。

抱着小半桶水的熊大被带到了张松樵的办公室。桶里的水被倒进水壶，烧开，并没有泡茶，倒在碗里，张松樵一小口一小口地品味着，回味着。

张松樵对熊大说："谢谢你走六十多里路给我送来家乡的水，这是多么珍贵的礼物啊！在我眼里，柏泉古井水才是世间最好的美味。出门时是担着满满两大桶吧？好孩子，如果担两个半桶来，你会轻松很多，我得到的水可能也会更多一些，哈哈，什么事不要贪多贪满，满则损、盈则亏呀。"

熊大不好意思地笑了。

张松樵拍拍他的肩膀："留下来吧，你一定会出息的！"

熊大刚要说谢谢，张松樵又说："不过呢，有一点……"

熊大忙紧张地望着他。

张松樵慢悠悠地说："你在这里待长了，也会想念咱古井水的味道！"

◀ 竹枝词社的崔副社长

竹枝词，由唐朝诗人刘禹锡始创，到清代中后期，汉口竹枝词在叶调元笔下异军突起，跻身"中华四大竹枝词"之列。民国时期，汉口民间竹枝词依然兴盛，汉江沿岸就有多个竹枝词社。

莲田词社的社长老向是一家小学的校长，悠闲多雅，词社成员以中老年人居多，人员涉及五行八作。逢了节气或节日，词友们邀约着出来，聚在汉江堤畔，摆几张桌子，铺下宣纸，有时也放一些瓜子糖果烟茶，少时五六十人，多时百余人，江畔处处是美景，大家见景生情，吟哦词句，上乘的竹枝词作品，由书法高手即兴挥毫写就，供大家学习品评。

竹枝词易懂好学，参与者众，每次活动都规模庞大，引得一些人驻足围观。

有一次，大家正在江边作词，看热闹的人群中一个大脸大眼的中年男子，几经打听，终于站到了老向跟前。

男子对老向说："社长您好，我姓崔，想加入竹枝词社。"

老向说："把你的作品给我看看。"

老崔说："我还不会写，是来学习的。"

老向说："哎呀，我们不是培训班，你一点基础都没有，怎么加入啊？"

老崔说："我认真学，您多教导，不就成了？我真心想学，您就多费点心吧。"

说着从口袋里掏出两包哈德门香烟，递到老向面前。

老向不抽烟，摆手不收，但老崔这点头哈腰的一递烟，心里还是怪舒服的。老向就说："既然你真心想学，那下次活动就来吧。"

"谢谢您了，谢谢您了！"老崔连连鞠躬，左右看看，见没人注意，硬是把两盒香烟塞进老向的衣袋。

老向再没推辞，转而说到词上来："竹枝词比格律诗好学，你记住了'三平韵七绝体式'，就算会了一大半。"

下次活动，老崔拿来自己的十几首词，让大家评点。都是大白话，韵也不讲究，更谈不上什么水平了。但他眼珠儿活，嘴巴甜，他不抽烟，口袋里装着哈德门的香烟，看到可能对自己有影响的人就要递上一根。

活动结束，大家都认识了他。他也热心，每次都早来晚走，在几位社长副社长面前跑前跑后地跟着张罗。有一次搞完了活动天色还早，他拦住就要散去的几位社长说："今天我做东，大家一起喝几杯。"

词社里都是以词会友，清淡如水的君子之交，还从来没有谁请过客。几位社长连客气话都不会说了。

酒过三巡，大家才算深度了解老崔，原来他在民国政府县公署上班。

"你是什么高官？"老向问。

"我呀，嗨，别提了，惭愧得很，干了十多年，还是个打杂的。"老崔说完，把一杯酒倒进喉咙，"您几位看我为咱词社的办事能力还行吗？行就提拔我当个组长什么的。"

哦，原来请客是为这个呀！大家明白了。

词社人多，为便于管理，就分成了若干创作小组，每组10人左右。这么个组长当着有意思吗？

就这样，不大会写词的老崔当上了组长。

老崔隔三岔五就给老向弄点小礼品，送一把香妃竹的折扇啊，送一把手捧的宜兴紫砂壶啊。没过多久，老崔又被提拔成词社的理事。

词社的王副社长颇有微词："他这个词写得不怎么样，当组长已是破例，怎么好再提拔成理事呢？"

老向说："我们诗社总需要有几个跑前跑后的热心人吧，他愿意为这个词社服务，我们就应该鼓励，他对你不好吗？那天他不是也给你一包碧螺春的？"

是的，平心说起来，大家都得到过老崔好处的。

老崔听说老向喜欢吃鱼后，就三天两头地给老向送汉江里的野生鱼。老向推辞不要，老崔说这是在江边钓的。后来有人跟老向说，这鱼是汉江鱼不假，是钓的也不假，但是，是别人钓的，老崔拿钱买来的。

老向很感动，和老崔谈了一次心，就按老崔的意思，让他当上了词社排名最后的副社长。

老崔又在镇上档次最高的四通酒楼摆了一桌，酒到酣处，老崔大着舌头说："我在县公署待了半辈子，连顶芝麻大的乌纱帽都没混上，这回在咱词社总算走上了领导岗位，谢谢大家啊！"

整个一个官迷呀，民间词社的副社长算什么官啊？

算也好，不算也好，老崔成了社长老向的心腹之人，虽然在诗词上没进步，但慢慢坐上了词社的二把交椅，他除了对老向依然毕恭毕敬外，对其他人，则开始指手画脚耍起了官威。

有人想不通："老崔这么钻营的人，在衙门多年怎么就没混出来呢？"

有人说："国民政府县公署明镜高悬清风正气，老崔这一套，肯定行不通！"

有人不以为然："在衙门里，他阿谀逢迎溜须拍马的这套功夫肯定施展了，没能得到升迁，不是上级廉洁正气，就是县公署里的水更深啊。他背后无大树，家中无万贯，靠耍小恩小惠的小把戏，没人看到眼里的！"

"那他来咱这混得什么劲儿呢，就为过个官儿瘾？"

还是从词社二把交椅变成三把的王副社长打听清楚了：县公署新来的主管领导喜欢舞文弄墨，老崔把自己包装成文化人，想靠"竹枝词社副社长"的招牌引起领导重视呢！

芦苇花开

◀ 酒　痴

郭大头在他"媳妇"出嫁的那天，突然爱上了酒。

郭大头的"媳妇"是他爸用糙米换来的。

郭大头 7 岁那年，他爸去茅庙赶集卖糙米，回来却双手托个小被窝卷儿，郭大头以为买的什么好东西，凑上来看，惊得叫起来。妈妈闻声凑过来，也不由得"呀"一声："哪来的？"

爸爸笑着说："捡的，养大了，给咱当媳妇。"

妈说："看你能的，再去捡一个回来。"

爸爸说了实情，是逃荒的人硬把孩子塞给他，抢走一袋子糙米。

妈妈说："那就养着吧，大了给咱当媳妇。"

郭大头的脸红了。襁褓里的"媳妇"实在是难看，稀稀黄黄的头发，小黄脸儿皱巴得像个大核桃，怎么看怎么像是一块破布裹着一根笤帚疙瘩。伸手摸了摸那黄黄的小脸儿，小黄脸转动着头追他的手指，想吸吮到嘴里。妈妈说："看，我儿媳妇饿了。"

就去煮了米糊糊来喂。

妈妈一边喂，一边端详，说："大了一定是个俊闺女，就叫彩凤吧。"

"彩凤，彩凤，彩凤……"郭大头在心里一遍遍默念着，觉得有了名字这个的"笤帚疙瘩"，一下就跟他近了。

多了一张嘴，日子就一年年地更艰难了，爸爸却乐悠悠地对妈妈说："幸亏捡个媳妇回来，不然咱这穷日子，谁家闺女愿嫁咱？"

妈妈对爸爸的远见卓识从没有怀疑过，并且彩凤已经从笤帚疙瘩，长成眉目清秀的女孩了。

彩凤对爹妈说："我要去读书。"

村里有一所松荫小学，是裕大华纱厂老板张松樵办的义学。

妈说："你哥都没读书，女娃读什么书？"

郭大头说："我小时没有义学，现在有了，就让妹妹去吧。"

彩凤就读了书，并且读得非常好，成绩超过所有的男孩子。

彩凤小学毕了业，又闹着去汉口读女子中学。这次，爸爸妈妈坚决不答应，说你已经是村里第一个认字的女娃，能看书算数就行了。彩凤鼻涕一把泪一把地哭，爸妈也不答应。

郭大头见不得彩凤的眼泪，偷偷跑到村西周财主家，说要给他家扛一年活，提前预支工钱。

彩凤去汉口读书了，爸爸指着郭大头破口大骂："彩凤飞走，再难回来！"

郭大头只想见彩凤开心的模样，只要她不哭，就是剜肉给她吃都行。

彩凤读完中学读大学，再没和家里要过钱，学校的奖学金够她开销了。彩凤住在学校，几年不回来，爸妈染上血吸虫病相继离世，郭大头怕彩凤回来染病，都没告诉她。

彩凤还是回来了，是坐着乌亮的小汽车回来的，一个和她年龄相仿的公子哥开来的。

"哥！"彩凤笑着喊他。

"哥！"公子哥也跟着喊了他一声。

郭大头就什么都明白了。

公子哥随即奉上一沓厚厚的钞票，他顺手推给彩凤，说："家里也没什么能给你的，你拿去做嫁妆吧。"

彩凤出嫁了，郭大头摆了村里最隆重的喜宴，从早喝到晚，一村的男人陪着他都喝醉了。

有人说，彩凤是你爸给你捡来的媳妇，你怎么能把她嫁出去？

郭大头瞪圆冒着酒气的眼珠子说："彩凤能过上我给不了的好日子，我为什么拦着？"

"她是幸福了，可你呢？"

郭大头认自己的理儿："我妹幸福，我就幸福！"

郭大头幸福了吗？倒是从此饮酒度日。

村人知道他心里苦，谁家有个红白喜事，就把他请去陪酒，他都喝醉了回来。有人给介绍过几门亲事，他连面都不见，就拒绝了。人们说，他心里装着彩凤，还让她飞了，世间有这么傻的人吗？

"有的。"老学究朱夫子说："宋代词人温庭筠深爱鱼幼薇，却总自行惭愧又丑又老，就张罗着把她嫁到了富贵之家，最终害了她不说，他内心也痛苦了一辈子。"

十多年后，彩凤又回来了，带着三个虎羔子似的儿子。

彩凤男人成了坏人被关起来，她在城里难以为生，走投无路，只有回乡下。郭大头弯了多年的腰仿佛一下直了起来，他戒了酒，省下的钱全买了粮食。

又是十年过去，彩凤的三个儿子都长成大小伙子，她男人突然找来了，来接她们回市区，男人说他是冤假错案，平反了。

彩凤临走时，给大头买了一箱酒。

大头在屋里关了两天没出门，第三天晚饭时出来，在大门外摆个小桌，拿出彩凤买的酒，提起瓶子倒上半缸子，喝上一大口，皱下眉，眼一闭，嘴一张，陶醉地哈出一声。

有人问："好喝？"

"好喝！彩凤买的，好喝！"

郭大头门外喝酒从此成了暮色中一道横贯春夏秋冬的风景。

彩凤那一箱酒总也喝不完？还是自己又买的？他能有多少钱每天喝酒啊？

这天，朱夫子趁他转身的工夫，端起缸子偷抿了一小口。郭大头坐回来，端起缸子，喝上一大口，皱下眉，鼻子眼睛挤在一起，再张嘴，陶醉地哈一声。

朱夫子问："好酒？"

"彩凤买的，好酒！"郭大头说完，还闭上眼睛，仿佛回味舌尖上的醇香。

唉！朱夫子叹口气，轻轻地摇了摇头。

第二天，朱夫子打来二两散酒，给他偷偷换了。郭大头像往常那样端起就是一大口，喝猛了，呛得连咳几声。

朱夫子问："好酒？"

郭大头擦着眼角的泪，连声说："好酒，好酒啊！"

郭大头每天手不离杯，有人说他是酒痴；也有人说他心中始终不忘彩凤，应是情痴。

◀ 有客来兮

周三姑和张铁梅是近邻，可自打周三姑家来了次客人，三姑再也不理张铁梅了。至于来的客人，两人都不认识。

还是从来客人那天说起吧。

周三姑的丈夫在市内上班，这天，西斜的太阳还很高，丈夫带了一个人回来，对三姑说，这是我们单位的李科长，老家离咱不远，走马岭的，我俩刚开完批林批孔的会，快，做饭！让李科长吃了饭再回家！

周三姑答应一声，给客人沏上茶，才去厨房。可做什么吃呢？青菜倒有几样，就是没有肉。三姑狠了狠心，那就多多地切上些葱，再炒一盘鸡蛋！周三姑养了五只鸡，四只母鸡，一只公鸡。每天都能捡三四个鸡蛋的，不过平时根本舍不得吃，都换成买油盐酱醋的钱。

正盘算着，丈夫来到厨房，小声问，有什么菜呀？

三姑说，拍个黄瓜，炒盘大白菜，炒盘花生米，要不，再炒几个鸡蛋？

丈夫说，其他的呢？

没有其他了。

正说着，客人也跟过来了。

这怎么行？没有肉吗？丈夫声音立刻震得窗户纸抖动，李科长是贵客，好不容易来咱家一趟！

三姑心里这个气呀，哪来的肉啊？不年不节的。

那，那就杀只鸡！

杀鸡？三姑惊诧地望着丈夫。丈夫朝她挤挤眼，杀鸡！

客人说，别，简单吃点儿。

丈夫说，咱屋里坐，让她安排就行了。

三姑望着院子里的几只鸡，愣了片刻，就先开大了院门，才张开着手臂，动作夸张地冲向鸡群。几只鸡并没有受惊，还以为主人是要给它们喂食，不但没从院门口跑出去，反而围到她周围。

三姑的气不打一处来，只有弯下腰来抓鸡。一把，就抓起一只笨拙的九斤黄，拎在手上，感觉鸡屁股那里坠坠的，就轻轻地把它放到地上。又看了另一只，另一只是红脸的芦花鸡，明天肯定也是会下蛋的。只有抓那只尾巴上高翘着几根闪亮黑翎的公鸡了，它狡黠矫健，跑跳蹿飞，有时还上到最高的树梢上过夜。可真要把这只公鸡杀了，剩一窝母鸡，等母鸡们想抱窝，还怎么能孵出小鸡呢？

边想，三姑边开始了追，平时三姑也总在追它，因为三姑总认为它光吃食不下蛋，就好像白吃了似的。所以每次喂食，总是先撵走它，偏袒几只母鸡。公鸡见三姑来追以为眼下又是要给母鸡们开小灶了，就在院子里团团转地跑，转着圈儿跑了几个来回，并不从院门跑出去。母鸡们咯咯地乱作一团。

公鸡没抓到，却惊扰了客人，客人从屋里走出来。三姑脚步缓下来，希望客人说，抓不住就甭抓了。客人真的开口了，问，抓哪只？三姑只好一指大公鸡。

客人点点头，和三姑要了几粒玉米，刚洒在地上，大公鸡就趔趄地过来抢食，玉米粒刚啄到嘴，就被客人一把抄住，递给三姑。三姑并不接，而是转身去厨房提了菜刀出来，明晃晃地在公鸡面前划个半弧，让公鸡明白将要发生什么，才从客人手里接过来。哪知，在这一递一接的过程中，公鸡竟脱手而去，再没有留恋在院子里转圈儿，而是径直踉跄着半飞半跑地夺门而出，从正来串门的张铁梅腿边箭般逃走。

干什么呀，这是？张铁梅望着空中飞舞的两根鸡毛问。

三姑望眼客人，圆脸上歉意地笑：来客了，说给客人杀鸡吃，母鸡要留着下蛋，只有杀这只公鸡了，可……却跑了！

看你，连只鸡都逮不住！张铁梅看了眼穿着挺括中山装的客人，一挽袖子，返身出去。片刻，就拎了公鸡进来，公鸡爪子在空中奋力而徒劳地挣扎。

三姑圆脸上的笑立刻就没了，并不接递过来的鸡，我晕血，这鸡可怎么杀呀？

张铁梅又瞟眼客人，手腕一翻，鸡脖子拧得朝外，手指快速动了两下，鸡脖子上的毛就干净了。拿刀来！

三姑垂着长长的脸子一语不发地收拾流尽了血的鸡，拔毛，开膛，剁块，然后炒个糖色上锅炖。客人和丈夫满意地吃光了鸡，喝光了一瓶三姑兑了些水的白酒，至于张铁梅什么时候走的，三姑就没理会了。

张铁梅回到家，心想客人走后，周三姑肯定会过来感谢她关键时刻替她排忧解难，不是她给抓鸡杀鸡看她怎么完成待客的任务？

没有。第二天从早到晚，周三姑面儿都没有露一个。病了？就是不给帮忙杀鸡，平时到这个时候，恐怕两个人都要见过至少3次面说过无数的话了。

又过了一天，三姑依然没来打个照面。张铁梅把自己那天的所作所为从头到尾仔仔细细想了一遍，坚信自己是没有说一句错话，没有做一件错事的。

那怎么会这样呢？哼，你不理我，我还不理你呢！张铁梅决定，绝不主动去搭理不知感恩不知好歹的周三姑。

于是，两个往来密切的好邻居，一下成了形同陌路的人。

第六辑

钱痴

◀ 钱　痴

在慈惠墩，提起张金山这个人，人们会不由自主地说，那个钻进钱眼子的人啊……

张金山家境富裕却极俭朴，他的快乐就是存钱。他的口头禅是："钱就是我的命！"

张金山的钱都是汗水换来的，他家有三十多亩田，但都是薄田，一家人靠着辛勤的劳动，能让薄田打出和懒惰人家的良田一样多的粮食。粮食即汗水，卖粮存下的钱，能舍得花吗？农活忙时，会雇几个短工帮忙，帮工们结账回家时，会把身上沁满汗渍的破衣服随手丢了，不可思议的事情就发生了，张金山笑逐颜开地捡回来，让老婆洗一洗补一补，穿到了他身上。

金山的钱开始是藏在家里的，后来听人说存在钱庄更安全，不怕贼偷，每年还可以生出一笔利息。他就去汉阳县城，存进了晋商钱庄。

第一年到期的时候，他来到钱庄。钱庄的伙计问他："您是取走呀还是续存？"他说："先取吧。"

伙计答应一声，就从后面库房把钱取来，放在柜上，一五一十地数好，哪些是本金，哪些是利息。张金山双手缓缓地把本钱摸了一遍，再把利息摸了一遍，满意地点点头。伙计说："我给您装起来。"金山慢慢地摇摇头，然后说："再存。"

虽然讲究和气生财，伙计还是微露愠色："您说续存就行了，干吗还非先说取，把人折腾一遍呢？"

张金山说："我就是要亲眼看看你们能拿得出来这些钱不，我再存进去不是更放心吗？"

他的外甥找他来借钱，张金山问借钱干什么用？外甥说我想做笔生意，本钱不够。张金山问什么生意？外甥说是把本地的绿豆卖到上海去，黄浦江边的洋人大量高价收购。张金山感觉还算靠谱，就问借多少？外甥说了一个不小的数目。张金山沉吟下，说倒是有这么多钱，但存在钱庄了，存那里，人家是给利息的。

外甥听懂了，问："您是想入股分红？"

张金生摇摇头："生意有风险，我不入股。"

"那您的意思？"

"你付利息就是了，按钱庄的走。"

"三舅，我可是您的亲外甥啊，我和外人借钱周转几日，也难见谁提利息。"

"正因为你是我亲外甥，我才说到利息，不然，我说没有就打发了，还费这些口舌？你能在外面借到无息的钱，我更高兴，去吧！"

外甥软下来，说："还是您给安排吧，用您的钱我安心。"

张金山鼻子哼了一下："你做生意是为的什么？是为利润吧？是为了日子红火锦上添花吧？你自己本钱不够，找我借钱就好比捉了我的母鸡去给你生蛋，你赚了钱，我就该无故受损失吗？我把母鸡留在自己家里生蛋不好吗？其实呀，我即使要了你的利息，也是实心实意在帮你。不服气的话，你去别的地方，你就是给人家再高的利息，人家信不过你，也不会借。"

外甥矮下身子，说着一连串的好好好："那我就按钱庄的借贷利息给您，总行了吧？"

金山说："本该如此，如果是外人，我才懒得跟你倒腾这些。"

张金山给他准备好了钱，又再三嘱咐："赚了钱不可大手大脚地用，你老大不小了，赶紧找个好女子成亲，钱不够了，找我开口。"外甥说："我攒够了再说吧，成家再借钱，不是又一笔利息？总不能利滚利地总欠您的钱。"金山说："你为成亲借钱，我不会要一毫利息，这和做生意借钱是两码事，救急不救穷，明白了吗？"

亲外甥借钱要利息的事传出去，有人笑话金山，有人说金山没错。

金山的儿子在一条商船上帮忙，总劝说金山拿出钱来趸货做生意。金山坚决不松口，怕有闪失。

日本鬼子的铁蹄由北向南，就要来了。金山的儿子和金山说："把咱家的钱赶紧从钱庄取出来吧，兵荒马乱的不安全。"金山听了，觉得有道理。

取回钱，金山想埋在地窖里。儿子说："听说日本人侵占到哪，就会马上强迫老百姓把咱的钱兑换成他们的军用票，不去换就不能用了，会成废纸。咱把钱赶紧都花掉吧，再说一打仗，一些物品肯定涨价，存布存粮都可以。"金山想了想，觉得是个好主意，就把钱都交给了儿子。

儿子去汉口采购了几天，金山就琢磨了几天，想着把买回来的东西存放在哪里安全，既不能受潮也不能受损，还不能被人发现。

儿子终于回来了，却两手空空。金山心里一沉，刚要问，儿子就说："我把买来的布匹和药品，直接送给汉江游击队了。我回来和您说一声，我也要去打鬼子了。"

第二天，天刚蒙蒙亮，张金山叫醒儿子："你做得对，山河破碎国家有难，好钢就要用在刀刃上，早一天打败小鬼子，咱就能早一天过太平日子。我也不算老，索性咱爷俩一起去抗日吧！"

父子去投奔了游击队。

游击队长是三十里外的蔡甸人，早就耳闻张金山的大名，就指派他管后勤，负责财务和物资支出。果然，张金山经手的账目没有一丝一毫的差错。

◀ 桂油坊

桂油坊的小儿子被绑票了，是水匪鲶鱼头干的。鲶鱼头送来信，要他三天内拿 1000 块大洋去赎。

桂油坊内心万分焦急，把信放在一边，没有理。

桂油坊历来把钱看得比命值钱。年轻时他赤贫如洗，在这一带靠给人打短工为生。和他一起干活儿的李叔看他精明能干想把闺女许配他，他正满心欢喜的时候，周二嫂托人提亲。周二嫂是富裕的寡妇，大他几岁。一边是贫家含苞待放的黄花女，一边是富庶的深宅少妇，他一夜未眠后，毅然入赘周家。他在周二嫂殷实家境的基础上，开起榨油坊，勤扒苦作，终于成为村里的第一富户。他榨的油远近闻名，这得益于房前屋后的十几棵大桂花树，每年开完浓郁的花香，再落一地金黄。桂油坊就把桂花瓣扫起来，掺在油菜籽里一起榨，可以多出些菜粕卖钱，不想榨出的油就多了淡淡的香味，人们都跟他的菜籽油叫桂花油。

过了两天，鲶鱼头等不及了，派人夜晚来催，说再不送去赎金，可要撕票了。桂油坊隔着窗向来人恳求道，我实在不宽裕，看少给一些吧？

来人说，这哪有还价的？

桂油坊说，谁让我手头不宽裕呢，这几天我凑了凑，总共200块大洋。

来人说，这俩钱打发要饭的吗？我回去撕票就完了。

桂油坊说，你要撕我也没办法，我现在有5个儿子，6个孙子，少这个小崽子还真不在乎，你们弄死了他，倒省得我给他盖房娶媳，能省下我一大笔钱。现在世道乱好汉多，今天你们绑一个要1000大洋我给了，明天准有人又绑走一个要2000，我哪里还拿得出？早晚都是个死，索性就死吧，只当我少生了这一个！

来人在窗外的黑暗中愣了半晌，最后说，你加点儿吧，200太少了，不是我们目前困难，谁还跟你讨价还价？

桂油坊说，最多250块。

来人说，你也太抠了，好歹是条人命啊，你给300吧！

桂油坊问，你能当家不？别钱拿去了，你们老大再反悔。

来人说，你信得过我，就赶紧扔钱出来。

桂油坊把钱数了又数，才把钱袋扔出去。

第二天小儿子果真回来了，捂着半个鲜血淋漓的脸。原来是鲶鱼头把赎金翻来覆去数了几遍，都是299块大洋，一气之下割了小儿子的一片耳朵，气愤地说，回去告诉你老子，少的一块大洋拿你耳朵片子充数了！

桂油坊就是这么抠，平时看老伴炒菜，总嫌锅底油多，让她再舀回一些。老伴很不满，说再舀就成干锅煲了！每次吃饭都把碗舔个干净，不浪费一粒米。就是不花钱的水都不让用多，不是水源紧张，是说多挑一担水就是多浪费了时间，就是变相浪费了钱。但遇到荒年，逃难的灾民多了，他会每天熬上一大锅粥施舍，他说，我在他们身上看到我贫穷时的影子。

鬼子在镇上修了炮楼建起据点，鲶鱼头投靠日本人当了汉奸队长。他大摇大摆地来找桂油坊，说，我就是鲶鱼头，如今给皇军做事了。

桂油坊说，你当水匪是生活所迫，你当汉奸当卖国贼，有辱祖宗啊！

鲶鱼头说，我是为乡亲们着想才不得已走这一步啊，日本人走到哪里不是烧杀抢掠实行三光？现在我在中间呢给他们跑个腿，满足他们吃喝用，他们就不再出来祸害百姓，大家能出钱买平安，我这不是做一件大好事吗？别看那年我绑你儿子你少给点儿能过去，这次我是代表大日本皇军来的，你少给 1 厘都不行，5000 块现大洋，50 桶油，另加 10 头猪，10 头羊，限你 7 天之内送到炮楼！

桂油坊说，你还是杀了我吧！

鲶鱼头说，到时候交不齐会杀你的！你的孙子呢，先跟我们走。

孙子是心头的肉，桂油坊忙说，别带走我的孙子，我一定按期送到。

鲶鱼头才不听，抓走了他的大孙子。

在老伴和儿媳妇的哭声里，桂油坊呆坐了整整一天。第二天一早对几个儿子说，赶紧的，把咱所有的菜籽榨成油！

　　离鲶鱼头约定的时间越来越近了，老伴每天哭闹着要孙子。在这哭喊声中，终于把油榨完了，把油和粮食都装上泊在汉江里的大船。傍晚，他买了两只卤鸡，放上毒药，给炮楼里的孙子送去。他对站岗的伪军说，我怕孙子瘦了，要眼看着他吃下。伪军们接过喷香的卤鸡，口水都流下来了，说，交给我吧，单等你送钱来放人。

　　回到家，在夜色中招呼一家人上船。老伴哭着说，咱们走了，日本人能饶得了咱孙子吗？桂油坊也哭了，说，我怕孙子遭罪，已经把他安排好了……

　　一家人摇桨划橹，逆水而上，夜里到了涢口的游击队驻地。不想第二天中午，他的大孙子也平安地回到他们身边。原来喷香的毒卤鸡被几个伪军抢着吃个精光，毒倒在地，据点里的游击队内线趁机把他孙子送了出来。

　　一家人都成了游击队队员，桂油坊和老伴负责队伍上每天的伙食。每到做饭的时候，精打细算了一辈子的桂油坊会叮嘱老伴：多放些油，再多放一些，吃饱吃好才有劲打鬼子！

◀ 丰俭由人

自打当上刘府的司机，林金明显地讲究起来。

他每天身着雪白笔挺的西装，戴副墨镜，有时晚上会到江汉路——哦，当时江汉路还在叫歆生路——他去歆生路上的川香阁点几个菜，喝上二两小酒。不过来到刘府一个月了，他也没开过几次车，也没见到过东家。老东家去办场面上的事都是坐新买的轿车出去，新车司机是原来旧车的司机老陈，老陈去开了新车，旧车缺司机，就招聘了他来。虽说开车的时间少，但薪水是不会少的，并且非常高，以至于他能隔三差五地到川香阁摆阔气。饭店伙计从第一次听林金说是刘府新来的司机，就特别恭敬着几分，这让林金非常受用。是啊，在歆生路上，不，在整个汉口，甚至荆楚大地，谁的地产能大过刘府？谁的家产能多过刘家？宰相门前七品官，刘府虽不是官府，可有的是钱，他家的司机就应该比别人家的司机腰粗，必须的！

灯火阑珊时，又走进川香阁。伙计见是他，忙低头赔笑："林爷来了，里面请！"

林金仰着脸，感觉特好，恍惚间就好像自己是刘府的少爷，而不是司机。

"吃几个什么菜？"伙计一指墙上的菜谱。菜谱一侧写着八个大字："丰俭由人，概不赊欠。"

林金摘下墨镜，看了半天，才犹豫着说："夫妻肺片，宫保鸡丁……"

"好，记下了，还要什么菜？"

"再要个香干回锅肉。"

"好事成双，看再点个什么凑成四个菜？"

"要不，再炸个花生米，就行了。"

伙计却不走，说："您再换个菜，别要花生米了。"

林金说："没有？"

"那倒不是，是宫保鸡丁这道菜里有花生米，脆香。"

林金脸微微红了一下，说："好，那就换个菜，鱼香肉丝吧。"

"好咧。"伙计这才进了厨房。

功夫不大，四个菜上了桌。林金风卷残云地吃起来。

餐馆里又来了一老一少两个人。两个人坐在靠门口的小桌旁。

林金放下手中的碗筷时，才注意到他们，干瘦的老头不认识，白净的青年是刘府的二管家，林金来刘府当司机就是他拍的板。

林金忙站起来，走过去，恭敬地鞠个躬："孙先生，您也来吃饭啊？"

孙先生见是他，说："刚去了趟乡下，回来晚了，在这里吃点儿。"

林金说："哎呀，我刚吃完，不然的话咱们坐在一起吃。"

孙先生说："各便，各便。"

林金说："总说有机会请您一次，那就今天吧。"林金见上桌的只有一盘炒藕片和一盘炒笋丝，就喊："伙计，再给这边儿上四个荤菜，算我账上。"

伙计答应一声，却被孙先生拦住，孙先生边指了指老头，边说："不劳破费。"

林金看了眼老头，个子不高，穿一件有些褪色的黛青长衫，乡下老人常穿的样式，让长衫衬得他更显清癯瘦小。林金问："这是您乡下的亲戚？"

孙先生说："怎么，你不认识？"

没等林金开口，老头先笑眯眯地说："听口音，咱是老乡呢。"

林金说："老家东山头的。"

老头说："那真是老乡，我是柏泉。"

林金说："你今天从柏泉来的？来了多待几天，这城里，特别是欧生路热闹着呢。"

孙先生忙对老头说："咱新来的司机。"老头点点头说："你去吃饭吧。"

林金一指刚才的桌子："我吃好了。"

老头看看林金桌上剩了大半的几盘菜，问："你家里有什么人啊？"

林金答了。老头说："你年轻，以后花钱的地方多着呢，还是……"

林金摆摆手："承蒙孙先生提携，我现在刘府薪水高，每个月花不完的。"

说话间，老头和孙先生吃光了两盘青菜，老头把碗里的最后一粒米送进口里，咽下，才说："丰俭由人，但不能暴殄天物，绝不要浪费。牢记古人的话，一粥一饭当思来之不易，半丝半缕恒念物力维艰。"

林金摇下头："这是大汉口，满街都是真金白银，不能用乡下种田人的老眼光看事情。"

老头不再说话，站起身，孙先生忙走在前面开门。

伙计忙在后面恭敬地喊："欢迎老太爷下次再来！"

门外，司机老陈站在崭新的劳斯莱斯旁，见他们出来，早早地打开车门。

"这老头，他是……"林金问伙计。

伙计疑惑地望着他："你不是刘府的司机吗，会不认识他？"

林金才敢相信，这个其貌不扬的小老头就是刘歆生，是拥有方圆百里土地的汉口地皮大王。

这么大的资本家，一遇上赈灾捐款出手就是捐几百万的资本家，竟然吃这么简单的饭？

林金望着满街闪烁的霓虹，怎么也想不明白。

◀ 捡漏儿

柏泉古街上老年间有个夜市，既卖各种日用，也卖些二手货，特别是家中遇到紧急难处周转不开的，把家中的古玩玉器拿来卖。张三爷是夜市的常客，喜欢来这里捡漏儿。

张三爷是不第的秀才，博学多识，喜爱收藏，但家境一般，遇到喜爱之物，总是揣摩再三，实在难以放下，才和卖家一番还价，出手买下。不过他收到喜爱之物，就不再出手。都知道张三爷有一双慧眼，他在前面捡漏儿，后面有人捡他的漏儿。

张三爷有一次看中一只纯铜鎏金的熏炉，和老板还了半天价后，摸出荷包钱却不够。张三爷赧红着脸说我回家去拿。等他回来，熏炉已经被人买走。又有一次，他看中一本明末雕版的《道德经》，老板开价很高，张三爷想用欲擒故纵的方法，想冷落老板几天再来谈价，哪知当晚就被人买走了。

张三爷慢慢觉察到有一双眼睛或近或远地盯住了他，只要他在哪个摊位前驻足，等他离开，那人也会前来。只要他拿起哪件物件，等他放下，这个物件又会被人打量。

张三爷留了心，得知此人叫周老六，是开渔行的，偶然从夜市上买了一对碧玉手镯，改天去汉口散生路转售，竟然获利几倍，让他看到了这里面巨大的利润，不过捡漏儿需要有渊博的文物知识，更要有慧眼，而他有眼无珠，有时看着是陈年的物件，拿出去却被人认定是做旧的赝品，害他赔了几次钱。所以他盯紧了张三爷，他看到张三爷蹲在哪个摊子前，他就跟在后面，凡是张三爷拿在手里一番讨价还价没有成交的，哪怕他高价买下后还都能顺利出手获利颇丰。

这个漏儿就让人家捡吧，谁让人家有钱呢。张三爷这样给自己解嘲，不过，有件事还是让张三爷恼火了。

这天三爷路过一家摊子，一方黑不溜秋的砚台映入了三爷的眼。三爷拿起看了看，正准备放下，发现砚台一侧似有题款。小心地清理掉墨垢，一行小字露出来："瓜肤而觳理，金声而玉德。轼。"张三爷用袍袖擦了眼睛，再擦砚台，激动的心怦怦直跳。这是一方苏东坡把玩过的龙尾砚！宋代文豪苏东坡曾被贬黄州，黄州距此不到二百里路。他平静住心情问老板，这个破砚台多少钱？老板说，50块大洋。张三爷说，这么贵啊？现在洋学生们都用自来水笔了，谁还用砚台？老板说，那你说给多少？张三爷说，20块就没少给。老板说，再加10块吧！张三爷一摸口袋，囊中又羞涩。忙回家取钱，回来砚台不见了。老板说，是一个头大脖子粗的汉子买走了，我要50，人家爽快，都没还价。老板一指远处周老六的身影，就是他！

张三爷追上周老六：这位仁兄，我刚看中一块砚台，听说是你买了？

周老六说，怎么，你想买？

张三爷说，正是。

周老六说，好吧，100！

张三爷说，我知道你50买的，我给你加10元。

少了100不卖，再还价我就涨到150了！

张三爷叹了一口气，说，100就100吧，我要了！

张三爷又在街上借了熟人的钱，总算留住了苏东坡的砚台，但胸中憋了一口恶气。

邻居王二嫂的父亲得了重病，张三爷去探望，看老人脸色灰晦，就说，赶紧请大夫看病吧。王二嫂说，看了，只是没钱抓药。张三爷摸出一块大洋说，去拿药吧。王二嫂说，你也不富裕，怎么好意思总让你帮衬？张三爷说，那你自己有办法想？王二嫂又面露难色，只好接了钱。张三爷看到桌上放着一把渍满茶垢的紫砂壶，顺手拿起来看了看。王二嫂说，我爹喝茶的，用了多年了。张三爷又打量了一番，壶型古拙，上面画有几笔兰草，倒也雅致。就说，你去卖了它！王二嫂疑惑地望着张三爷说，破壶谁要？三爷说，信我一次。

夜市上，王二嫂面前摆放一把孤零零的壶。来往的人看稀奇似的看她，拿起这把壶，看看，又都放下。张二爷来了，先从王二嫂面前仿佛不经意间走过，又倒退两步回来，拿起这把紫砂壶看，又蹲下来，仔细地从壶盖看壶身，从壶柄看到壶底。张二爷余光扫到远处盯着他的目光，问，这壶多少钱？王二嫂伸出三根指头。张二爷大声说，100块？太贵了，便宜点呢？不便宜我不要的。说着，三爷起身就走，走了几步，又回头来，重又拿起壶，又是一番细细的品鉴。又问，最低多少钱能卖？少5块也是给我个面子嘛。好，说定了，我去取钱，可不能卖给了别人！

张三爷边走，边问沿街遇到的每个熟人，身上带钱了吗？借我点儿，我遇到了一把好壶，是大明的物件，是制壶大师时大彬早期的作品，别看上面没款，我一眼就认出了，他早期的作品都没有题款，幸亏没有款，不然早被人收了！

张三爷到家还没喝完一碗茶，王二嫂也回来了，手里紧紧攥着几张钞票，进门就给张三爷跪下了。张三爷扶起她说，今天这事儿我做得不地道，就算做了一回杀富济贫吧！得了，我看走眼一次，从今再没脸去捡漏儿了！

◀ 石　痴

　　严文跟在表兄后面，去他好友王金彪家做客。饭席间，表兄对王金彪挤挤眼，说道："我表弟太瘦弱了，给上块大肉补补吧。"王金彪对视一笑，亲自去端了拳头大一块卤肉来，放到严文跟前。

　　这是很好的一方肉啊，红白相间，肥瘦适宜，卤制到位，猪皮呈诱人的琥珀色。

　　"快吃吧！"席间几个人都一脸嘎笑地看着他。他把筷子插向肉，竟然没有插动。

　　王金彪说："直接啃吧。"

　　严文一听这话，端起盘子就是一口。哎哟，肉没咬下来，牙齿硌疼了。

　　几个人笑出鸭子般的叫声。

　　是块肉石。

　　饭后，王金彪带大家一起观赏他收藏的满满一屋子奇石，五颜六色，形状各异。表兄在一旁给严文讲解，奇石分山料和水料，也就是山上开采和河床里捡。山料大多形状奇异，水料则多圆润光滑。

严文听得看得入了迷，问从哪里能得到这么多奇石？

"到山里捡、去河里淘，"表兄又小声说，"不过，他这都是买的，他吃不了捡石头的苦。"

严文从此迷上了石头，没事就去爬附近的壶盖山和马头山，捡回一些奇形怪状的小石头。表兄看了直摇头："入浅水得小鱼虾，入大海才得蛟龙，想得和田玉，还得去新疆，想得和氏璧，就得去荆山！等下次王金彪再出去捡石头，带上你。"

严文问："你不是说他的石头都是买的吗？"

表兄说："他组织去捡，别人捡到好的，他就买下。"

于是，严文就跟着表兄和王金彪出去捡了几次石头，开阔了眼界。

寒冬腊月，他们终于去了荆山。表兄说："两千多年前的和氏璧就是在这里发现的，咱们运气好，看还能捡到一块不，哪怕小点儿都行。"

几个人在山上兜兜转转了一天，并没有发现什么好石头。表兄说："天不早了，咱下山吧，别让金彪在山下等急了。"

就要下山了，一无所获的严文不甘心地回头望，在夕阳的照耀下，山崖上折射出一点红黄。他忙朝那个亮点跑过去，用镐头把周围的土和碎石清理掉，那块石头就松动了。几个人凑上来，见石头露出一片晶莹，表兄大呼着："荆山玉！还这么大一块！"

严文兴奋地扛着石头下山，行至半途，山道极陡，脚下一滑，一趔趄，石头骨碌碌滚下山崖。

等在山下的王金彪听说了，组织人在那面山坡下的丛林中拉网似地搜寻，那块石头像从来没被发现一样，无踪无迹。

腆着大肚子的王金彪黑着脸，看样子比严文还心疼："口口声声说喜欢石头，有你这么喜欢的吗？真正喜欢的，就是人滚下山崖，石头也绝不会松手的，哼！"

转过年来，他们又去清江捡石头。此时清江里的水干瘦干瘦的，裸露的河床上铺满大小卵石。这次大获全胜，每个人都捡到了满意的石头。

严文捡到一块绝佳的画面石：青色的石面上，好似随风飘荡着几穗银白的苇花，苇花的左上方，三只鸿雁成排飞翔，而最为绝妙的是，雁群的前方，有一轮橙红的太阳。

表兄说："江水浸云影，鸿雁欲南飞，真是自然造化，鬼斧神工，难得的佳品啊！"

听表兄这样称赞，王金彪看着严文怀中的石头，眼直直地说："卖给我！"

严文摇摇头："我也喜欢呢。"

"谁不知道我是远近闻名的石痴，说吧，多少钱？"

严文还在为上次去铜录山，王金彪半买半夺他的一大块孔雀石而心里淌血，所以这次就坚决不开口答应卖。王金彪脸愈发黑得像锅底。

回程的柳叶小船上，严文一直在怀里搂着这块石头，像搂着亲生骨肉。船顺流而下，在河道拐弯处，迎面来了一条快速行驶的大船，大船掀起的波浪和一股河风，一下把小船掀翻了。好在此处水只有齐胸深，几个人挣扎着站起来，却不见了严文。

总不会在这么浅的水里淹死吧？船家急忙拿着篙子在水里来回滑动。篙子被挡住了，船家跳下去，把严文捞上来。

严文紧紧抱着那块石头，脸已青紫。表兄骂他："为块破石头，你还不要命了？"

又行了一程，船家说："都坐好吧，前面的水可就深了。"

王金彪拍着严文的肩膀说："给我，换2亩水田。"

严文摇摇头。

表兄说："换吧，价格不低。"

严文不说话，只是把石头搂得更紧了。

王金彪说："给了我，回头你再捡一块。"

"好石可遇不可求，你知道的。"

"我遇到了，所以我要'求'啊。"

"是我捡的，我更喜欢。"

王金彪说："我组织大家来，图的什么？再说，我不是白要你的，快拿来。"

严文的心像被刀子捅了一下。

王金彪凑过来，扒开严文的手，强行把石头抱到了自己怀里，边看边摸，边摸边痴笑。

严文估计他胳膊酸了，就伸手去接。王金彪狠狠地瞪他一眼："干什么？这是我的了。废话少说，给你3亩水田，总可以了吧？"

随后，王金彪像哄婴儿入睡一样，左右摇晃着怀里的石头，边晃还边开心地大声唱起来。严文像一个被抢去孩子的母亲，真的想大哭，有钱就能夺人所爱吗？

船家说："注意了，前面有漩涡！"

话刚落地，船猛地一簸，王金彪猝不及防，身体一晃，双手张开，石头扑通一下掉进江里。

望着一团水花，几个人都惋惜地"嗨"了一声，还没到漩涡呢，船怎么就颠了呢。

王金彪喊："快去捞啊，谁捞上来给谁2亩水田，不，5亩！"

望着浑浊的河水，没有谁动。

严文对着即将消失的水花，在心里喊了一声："再待有缘人吧！"喊完才觉出右腿用力过猛，拉得有些酸痛。

◀ 大户人家

是高家腊八节的乐善好施，引来了罗三的邪念。

同样是施舍，同样是架在门口的粥锅，高家的粥要比别处财主家的稠好多。罗三流浪了无数地方，见过无数的施舍，他认定，高家不是一般的富庶。

天刚黑，罗三翻进了高家的大墙，想弄上些钱财，回家过年。罗三知道，像这样的大户，越到深夜，警惕性越高，下人们都警惕得能睁着眼睡觉。

罗三藏进柴房，在这里能听见客厅里的喧哗。高家老爷正宴请客人。罗三读过几年书的，听得杯盘罗列的声音，在心里骂句"朱门酒肉臭，路有冻死骨"。

好不容易，传来送客的声音。罗三开始活动冰冷的双腿。

客人走了，长工老江又来传话：本族的四爷来了。

高家老爷说，快请。

脚步声进了客房，听见里面说，我来了一会儿，见有客人，没让他们通告。

高家老爷叹口气，是乡保来了，这些人，来了就得招待呀。

四爷说，那是那是。我今天来，是想和你谈除夕祭祖的事，到这个日子，祠堂也该打扫修缮，按例是本族各户摊派，可今年年景不好，族里地亩少的，吃饭都是问题了。

高家老爷说，今年这些费用我都拿了吧，别让大伙儿摊了。四爷长吁一口气，说，那好，那好。还有件事，私塾里先生要回家过年了，先生一年的束脩，要不……

行啊，既然四爷说了，我也付了吧，听孩子们说这个先生教的不错，比以往的先生都好，要不明年的束脩也一起预付给先生吧，免得人家寻了好馆，不到咱这里来了，钱是小事，耽误了娃娃们事大啊。

好，好！这两件大事办了，咱族里村里好多人家会感念你呢。

不敢不敢，咱没有外人，不是一爷之孙，就是本土乡亲，能者多劳，谁让我有这个能力？明天我让他们把这两笔开销给送过去。

四爷说，你大仁大义，明年你地里会更加风调雨顺，五谷丰登。

高家老爷呵呵笑着说，土里刨食，咱庄稼人实属不易呀。

送走四爷，高家老爷去后院安歇。罗三蹑手蹑脚地跟了去，贴在窗户外面。

听得里面高家老爷对夫人说，快过年了，明天给老江也开了工钱吧，辛辛苦苦给咱干了一年。

夫人嗯一声。高家老爷又说，额外再给他六尺布，让他做身新衣服。

夫人说好，你也惦记回你自己吧，也该做一件新袍子了。

老爷说，不做了，有穿的，也不破。

夫人说，都五年了，式样不新了。

窗户上映着老爷连连摇的头。

夫人说，你舍粥时少放些米，一件袍子不就出来了？

老爷说，咱是凭心做善事，能欺心取巧？

夫人说，比咱自己喝的粥还稠。

老爷说，咱少吃点没什么，往外舍就是救命了。

夫人说，我说不过你，快些睡吧。看你这件衫子，多少补丁了。明天我就叫裁缝，给你做一件新的。

老爷说，新旧还不一样，穿在里面贴着肉，除了你，嘿嘿，谁也看不见。咱这样的庄户人，钱都是地里长出来的，不容易，再说咱还要攒钱置地。

夫人说，还置地？都这么多地了，你想弄成千顷万顷啊？

老爷说，地多了，心里才踏实。

夫人嘟囔着，都知道咱是财主，可咱自己吃的喝的，跟雇来的长工没两样。

老爷说，冻不着饿不着就行了，多置田地心里踏实，比吃什么都香甜。递给我眼镜，我再看会儿《朱子格言》，要不躺下难睡着。哟！老婆子，快再拿线给缠缠这只眼睛腿儿，又掉了。

你呀，你呀。这里舍得，那里舍得，到自己这儿，一文钱也舍不得。换别人，这个破眼镜八百年早扔了，亏你还是远近有名的百顷王。

老爷说，别吵了别吵了，下次再坏了就买新的。

这时，传来脚步声。罗三忙闪到黑暗处。

是长工老江。老江隔着窗子说，东家睡了吗？

里面问，什么事？

有听说咱舍粥的，聚在街上呢。

咱说的只是今天舍一天啊。

是呢，这些人才从远处听说赶来的，我这就让他们散去。

这大冷的天，他们是不是还饿着肚子？那……老江，要不……你现在就叫上人，去点火熬粥！

好的！老江应着，橐橐地走了。

黑暗里的罗三愣了半晌，活动下冻僵的手脚，朝窗户方向磕了个头，转身翻出了高墙。

◀ 寻 亲

张有福是慈惠墩的财主，年过四十膝下无子。素日里两口子虽不吃斋念佛，心肠却好得胜过菩萨。邻里们说，谁没有孩子都可以，有福两口子没有不可以，都是慈到骨头里的善人啊！

终于，他们有了孩子，有了一个 9 岁的孩子。

他们捡到了一个孩子。

那孩子伸着黑瘦的小手在村子里跟人讨吃的，说是迷了路，顺着汉江边一直走来，不知走了多少天，才走到这里的。问，你家住哪里？孩子说，我也不知家是哪里，我们住在一个码头边，我爸每天在码头上扛东西，我妈每天补衣服，没谁管我。

叫什么码头呢？

孩子也不知道。

有人把孩子领到张有福家，说，老天爷给你们两口子送来儿子了，看，俊着呢。

张有福蹲下来，细细打量着孩子，大脑壳大眼睛，只是瘦了些。

问，你叫什么呀？

孩子说，我叫大山。

嗯，你叫张金山，好不好？

我不叫张金山。

你以后就叫张金山，哪儿也不去了，你就住下来，看！张有福一指自家的青堂瓦舍，这就是你的家，日本鬼子就要打来了，别再到处乱跑。

大山成了有福的儿子，八年过去，从一个拖着鼻涕的毛孩儿长成了英俊少年。

这天，慈惠墩来了一对乞丐模样的夫妻，一边乞讨，一边逢人打听：大叔大哥，我们是来找儿子的，闹鬼子前走丢的，我儿子大脑袋，大眼睛……

你儿子叫什么？

大山！

有人飞快地跑去有福家，说，快把大山藏几天，他亲生父母找来了。

有福说，骨肉团聚，好事啊。

那你这些年不白养了？

有福说，就算白养也不能让人家生离死别。

在乡亲们惊愕中，有福主动去把那对夫妻引到家中，客厅落座，让仆人上茶，说，八年前，我收养了一个孩子，不知是不是你们丢的。

孩子呢？

在汉口学堂读书，今天星期六，刚好要回，我已经让司机开车接去了。

开车？

是啊，开我的汽车接去了。

您还有汽车？那对夫妻瞪大了眼睛。

我以前在一家洋行做事，那时候买的。

那您现在呢？

马上五十岁的人了，家里有这么二十几间房子，八百亩水田，收点儿租子将就着过日子，就不出去劳碌奔波了。

那您是大财主啊！府上还有什么人啊？

就我们两口子加收养的儿子。等会儿孩子回来，看看是不是你们的，如果是，你们领走了，唉，就又剩我们两个人过清静日子了。

门外响起了汽车喇叭声，一位穿学生制服的儒雅青年进来，对有福深鞠一躬，给爹地请安。

有福说，金山啊，你快看看，认识不？

金山顺着有福的手望过去，红木太师椅上坐着两个五官端正模样猥琐的男女。他摇摇头。

那女的急切地凑到金山跟前，上下左右仔细地看了，眼泪唰一下流下来，说，大山，你不认识妈了？

金山推下鼻梁上的金丝眼镜，无动于衷。

女人又一指男的，那是你爸，这些年我们找你找得好苦啊！

金山依旧如在雾里。

女人又一指男人，这是你亲爸，你看你长得跟他多像啊，你是八年前走丢才到这里的，那时你小……

男人这时才从椅子上站起，来到金山身边瞅了看了，眼眶里晶莹饱满，却嘴唇颤抖着对女人说，你认错了，这不是咱的孩子。

女人说，不会错，我自己身上掉的肉，就是再过上二十年，我也能认出他！

男人说，真认错了，真不是咱的儿子。

女人说，我的大山屁股上是有块胎记的，铜钱大小。

男人说，别瞎闹，屁股有胎记的人多了，都是你儿子？惊了这位少爷咱担不起。

有福说，我知道他是有的，在左屁股上，铜钱大一块。

儿子，我的大山！女人听有福这样一说，拉住金山的一只胳膊，开始放声号啕。

男人用力掰开女人的手说，你真是糊涂了，怎么乱认儿子，咱儿子的胎记是在右屁股上，我记得清清楚楚！

这时金山说，我忽然隐约觉着，您真是我的母亲。

男人忙摇手，孩子，别乱说，你这是想亲生母亲想出了幻觉，她一个讨饭婆子，怎么会是你妈？我们一穷二白的，无福做你的爹妈，记住，别再胡思乱想什么亲生爹妈，兵荒马乱的搞不好他们早死了，只有这里才是你的家！

男人生拉硬拽把女人拖出门，回头对有福说，张爷，我们看得出来，您是菩萨心肠，您像对亲生儿子一样善待大山，您会有好报的！谢谢您！

有人看到这对夫妻沿着江边走了。边走，男人边呵斥女人：哭什么哭，骨肉团聚就是害了他呀！看到他这样，也就放心了，人活一世不就是享荣华富贵吗……何必非要认回去受苦？

后　记

西方文学习惯在一部作品的开始处，用一整页纸写一句寥寥短语，说将此书献给最尊敬或最亲爱的某人。如果我有给这本书稿写一句献词的机会，肯定是内心激动不假思索地写："将此书献给亲爱的读者朋友，同时献给我亲爱的武汉，献给我的武汉湖乡！"

大江大湖大武汉，武汉是我的第二故乡。这本书是为湖乡而写，写的就是湖乡。这里的"湖乡"是指武汉西郊的东西湖区，生长这些小说的地方。枕靠汉江，湖泊众多，因区域内东部和西部都有大湖而得名，是古云梦泽的一角，云蒸霞蔚，湖泽波澜，人文底蕴深厚。我就生活在小说中多次出现的"慈惠墩"。

《琴痴》是本部作品中的一篇，某种程度上，这篇作品更像是我的文学自传，同样也像是众多文艺爱好者的缩影，无论工作多忙，生活多累，无论经受多少磨难，大家却不忘初心，怀揣各种各样的文艺梦想，一直奔跑在接近心中目标的路上。

付出终有回报，《琴痴》有幸荣获第二十一届中国微型小说年度奖的第二名。中国作家协会社联部主任、著名文学评论家李晓东先生不吝溢美之词评价道："《琴痴》弥漫着中国传统仕女的精神气质，虽然故事发生的背景是民国时期，但'洋学生'演奏的，却是中国古琴。贫穷的裁缝女儿三丫头，为古琴受尽人间苦难，甚至因弹琴被砍掉手指，依然痴心不改，希望两个女儿传承她的志向。痴情者古已有之，痴于器物者亦不鲜见，然有此意志之人，却弥足珍贵。其所知者，乃中国传统艺术，希望以此照亮平庸的生活，虽九死而犹未悔。"

中国微型小说学会副会长、《故事会》副主编高健先生在《从经典叙述学向后经典叙述学的过渡与游移》中重点评价这篇小说：叙述的开放性，对于微型小说创作来说是一种重要的文本特性，它使得叙述具有了多义性、未完成性、互动性。这种开放性不仅丰富了叙述的内涵和意义，也为读者提供了更多的参与和创造的空间，引发读者的多种解读和思考。

刘怀远的《琴痴》，写一个叫三丫头的女孩因痴迷古琴被拐他乡、被剁去两指的悲惨故事。作者的笔墨倾注于三丫头的见琴、听琴、慕琴到因为痴琴被人拐走。这一系列快速发展的情节，密集的意象，在作者的叙述中得以充分展现。在这之后，出现了叙述的断裂带，即作者以叙述的未完成性，达成叙述的开放性，从而让读者以自己的思维去修补作者叙述的断裂带。三丫头再出现时，已是两个女儿的母亲。从她的"额前垂着一绺粗黑的头发"这一细节，三丫头依然痴迷她的弹琴梦想；两根残缺的指头，又预示着这梦想的破碎。

《琴痴》一文，仅叙述三丫头的一系列行为动作，主人公"额前的一绺头发"这一细节贯穿始终，但简洁的行文背后，似有千言万语在作者的叙述背后奔涌，其间既有作者叙述未完成的生活场景，更有贯穿其中的炽热情感，达到了钟嵘所言"文温以丽，意悲而远，惊心动魄，可谓几乎一字千钧"之功。

区区小文，能得到专家老师如此评价，荣莫大焉，幸莫大焉！

此书中的《画痴》《朋友是票友》《将军泪》被誉为"国刊"的《小说选刊》转载，《你认识汉斯吗》《半截儿藕》《朱夫子》等篇被编入中学语文阅读试题，《画痴》还编入过人民教育出版社九年级下册语文同步教材《课时练》。真诚期待读者朋友的批评和指教，我在黄鹤楼下汉水之滨的"慈惠墩"向你们致谢！

刘怀远

2024 年 10 月于武汉读江斋

芦
苇
花
开